徳 間 文 庫

妖草師

無 間 如 来

武内 涼

目次

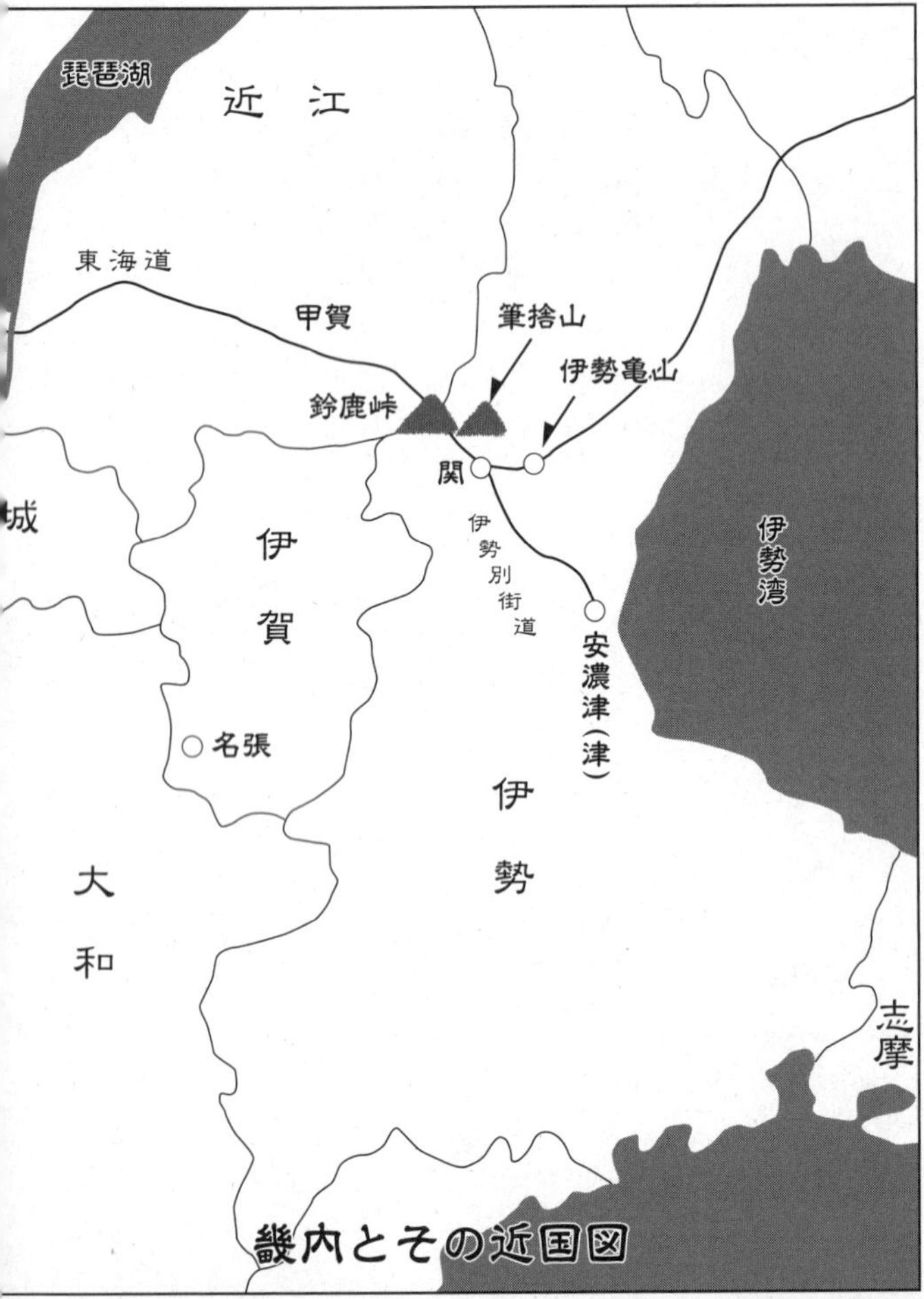

畿内とその近国図

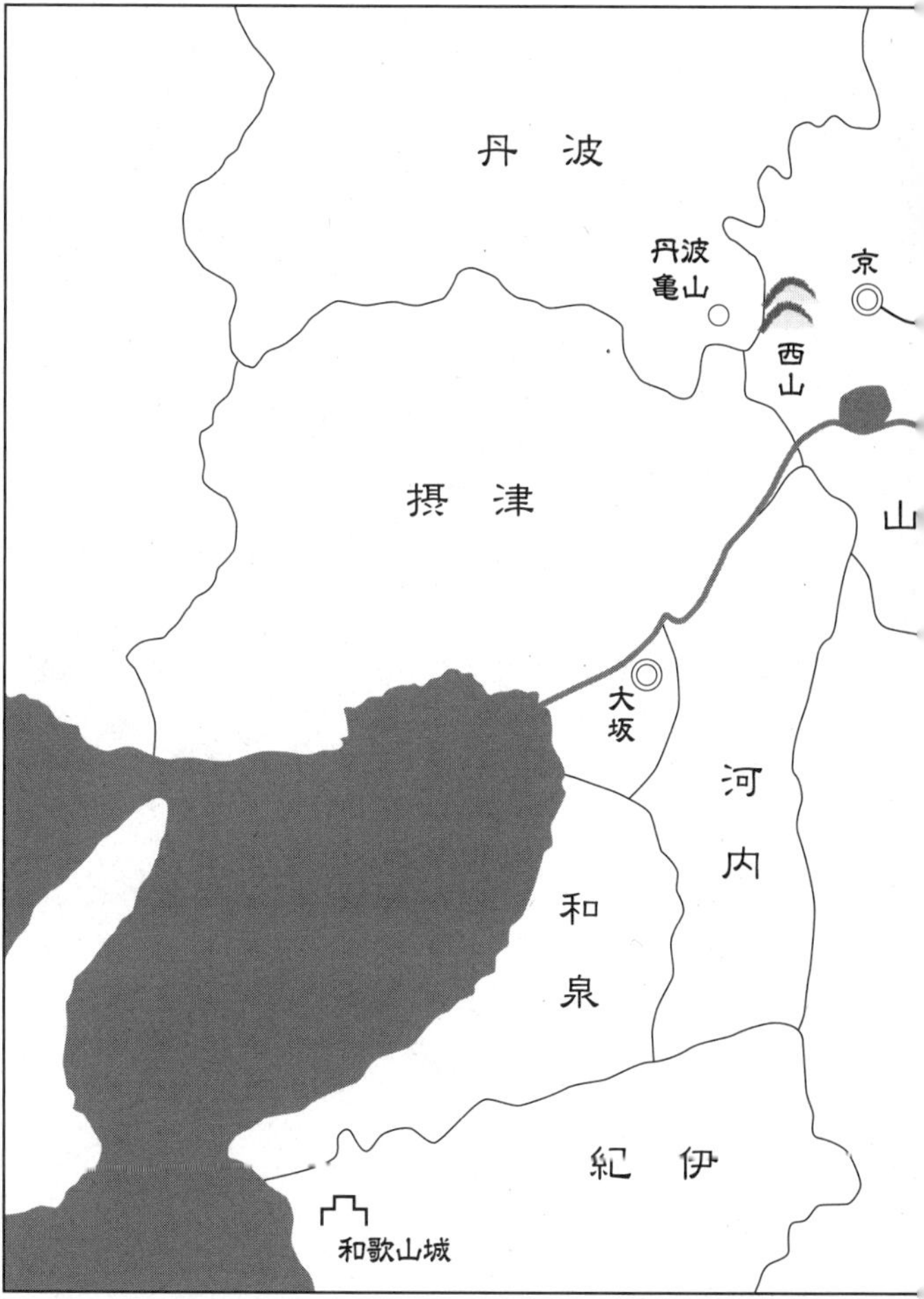

丹波
丹波亀山
京
西山
摂津
山
大坂
河内
和泉
紀伊
和歌山城

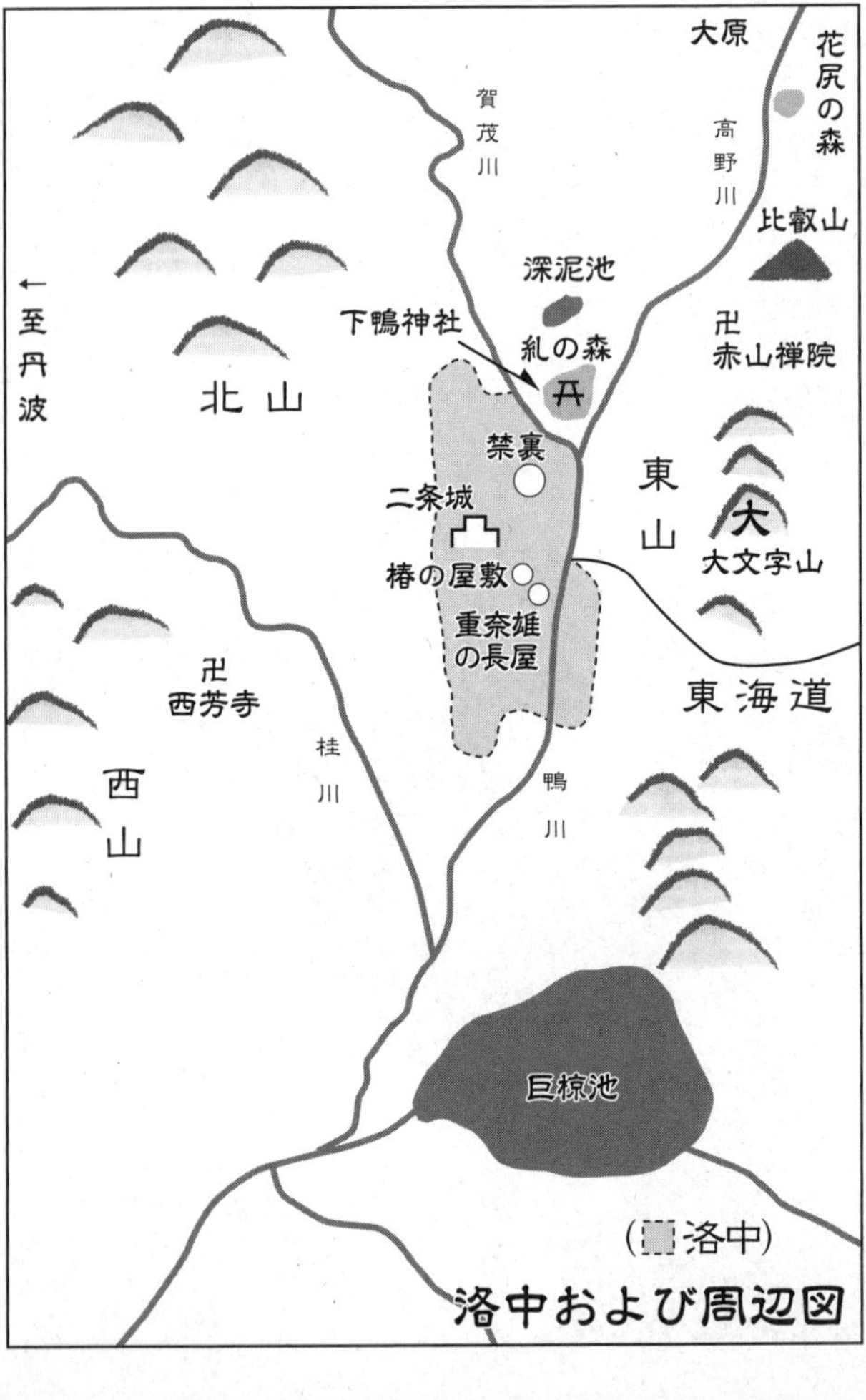
大原
花尻の森
賀茂川
高野川
比叡山
深泥池
下鴨神社
糺の森
卍
赤山禅院
←至丹波
北山
禁裏
二条城
東山
大
大文字山
椿の屋敷
重奈雄の長屋
卍
西芳寺
東海道
桂川
鴨川
西山
巨椋池
(洛中)
洛中および周辺図

赤《せき》山《ざん》椿《つばき》

花尻《はなじり》の森には——悲しい言い伝えがある。

昔、おつうという娘が、いた。

若狭《わかさ》の領主に恋をした。

窯《かま》風呂で有名な八瀬《やせ》と、大原《おおはら》の間に、花尻の森は、ある。比叡《ひえい》につらなる烟嵐《えんらん》をふくんだ山々の麓《ふもと》に茂った森だ。古来、ここには、都と若狭をむすぶ街道が通っており、おつうは国許《くにもと》にかえる領主に見初《みそ》められ、夜伽《よとぎ》を命じられたのだろう。

若狭につれてゆかれるも寵愛《ちょうあい》は冷め、大原にもどされた。

すてられた彼女は——強い恨みから五体に異変をきたし、大蛇となった。

そして街道を通った領主一行を花尻橋で襲っている。

領主は、武士に命じて、大蛇を討ち、巨大な骸《むくろ》の一部は、花尻の森に埋められた。

花尻の森には赤い花を咲かせる藪《やぶ》ツバキが目立つ。おつうの恨みが、血汁となって花びらに浸《し》み込んだような、花木である。

言い伝えはここまでで——この伝説には、言い伝えられなかった続きがある。

おつうの死後、数十年して、花尻の森に得体の知れぬ女が現れるようになった。市《いち》女笠《めがさ》をかぶった女で唇は藪ツバキが咲いたように真紅。ぞっとする程、美しい。

ツバキが咲く頃、女は現れる。そして、若狭からくる旅人を誘惑《さそ》う。

誘われた男は——蜂《はち》になって花尻の森に入り込む。森に入った蜂はツバキの蜜《みつ》を吸い——息絶える。

そうやって沢山の蜂を殺したツバキはおつうを埋めた場所に生えた樹であった。

近郷の者たちは怪しみ……この怪木を伐《き》り倒してしまった。

*

(何どす……あん女……)

滝坊椿《たきのぼうつばき》は憤っている。

原因は、女、である。

四条通を、東へ歩く、椿。

宝暦《ほうれき》八年（一七五八）八月十六日（今の暦で、九月中旬）。

数日前は、曾我蕭白《そがしょうはく》を都からおくり出す日だった。蕭白は堺町《さかいまち》四条にある紫陽花《あじさい》地蔵傍《そば》に住んでいた、売れない絵師である。伊勢《いせ》に少なからぬ縁がある。少し前、勢州《せいしゅう》から、仕事の依頼が蕭白にあり——心機一転、京をはなれ、伊勢に行き、作画してみようという気持ちになった彼の送別会が、八月八日だった。

蕭白をおくる会には蕭白の友人で隣部屋に住む庭田重奈雄《にわたしげなお》、やはり蕭白の友で絵師である池大雅《いけのたいが》、大雅の妻、町《まち》、与謝蕪村《よさぶそん》、そして重奈雄の幼馴染《おさななじみ》たる椿が呼ばれている。

蕭白が旅立ってしまい重奈雄が寂しい思いをしているのではないかと考えた椿は先程堺町四条の長屋をおとずれた訳である。

ところが、そこに——

(何やの、あん女)

——女が、いた。

どうも蕭白がいなくなって空室となった部屋が、その女をあらたなる住人として受け入れたらしい。

あろうことか、女は、重奈雄の部屋に上がり込み……書物をかりようとしていた。

ただの書ではない。

——妖草経《ようそうきょう》。

(何で、あん女が重奈雄はんから妖草経……かりるん?——訳わからん、うち)

妖草——常世《とこよ》と呼ばれる異世界から、種子《しゅうじ》を飛ばし、人の世に様々な怪異をなす妖しの草である。樹が怪異をなすのを妖木《ようぼく》という。

全十一巻からなる妖草経を読み、妖草と対峙《たいじ》する術《すべ》を知る者を、妖草師、と呼ぶ。

古来、妖草を探究してきた堂上家《どうじょうけ》、庭田家に生れた重奈雄は十六歳で庭田家から勘当。市井に住み樹木の医者をしながら京を騒がす妖草事件を解決していた。

椿は花道・滝坊家の娘で幼き日より重奈雄にあわい恋心をいだいている。

椿がいだいていた恋心は、やがてふくらみ、五山送り火の夜、遂に重奈雄と思いが通じ……二人はむすばれるはずだった。

先月のことだ。

されていた――。

ところが、そこに、正体不明の女が、現れた。

武家の女らしき彼女の出現により今、四条通を砂埃《すなぼこり》を踏んで行く椿の心は掻《か》き乱されていた――。

「椿様、椿様ぁ」

立ち止る。

老いた下男、与作《よさく》が力なく追いついてきた。気がつくと四条の橋まできていた。

「そないに早《は》よ歩かはったら……あきまへん。与作の足では追いつけまへん」

「……かんにんな」

可憐《かれん》な瞳を細めた椿は、少しふっくらした頰を上気させ、呟《つぶや》く。

数歩すすみ中洲に降り立っている。当代と違い、四条の橋は鴨川《かもがわ》の西岸から東岸までかかっていない。大きな中洲があるため、西岸と中洲、中洲と東岸をむすぶ形で橋がある。

豆がら茶の地に白い萩《はぎ》、紫の萩、そして萩の葉があらわされた涼しげな衣を着た椿と、与作は、今この中洲に降り立った。祇園会《ぎおんえ》の頃は川床《かわゆか》となり様々な夜店でにぎわう中洲だが、今は閑散としていた。

与作が、

「それにしても……何やろ、あん女」

「与作に見えたゆうことは……幻と違《ちゃ》うんやな？」

ひそかに幻影かと期待していた椿の思いがすぼまる。

「違いますやろ、そら。現実の女でっしゃろ」

椿が少し、ふくれ面になる。

「椿様……現実から逃げたらあきまへん」

「……そないなこと、あんたに言われんでも知っとるわ。しゃあけど人間、現実から逃げるゆうことも……時には必要どすえ」

李《すもも》のように赤らめた顔を振り決意した。可憐に丸い眼《まなこ》が、強く光る。

「勿論《もちろん》、今は逃げたらあかん」

中洲には、釣り糸を垂らした無精髭《ぶしょうひげ》の男や、その知己らしき煙草をふかした老翁がいた。

「あん女が何者か、突き止めねば」

闘志と、不安がふくまれた、語調であった。そんな椿が、さっきの長屋がある方を睨《にら》む。

「――もどりまひょか。与作」

＊

庭田重奈雄が住む長屋の近くには紫陽花地蔵なる小さな祠《ほこら》がある。梅雨時には、青紫の額《がく》紫陽花が咲く。今、紫陽花は――祭りの後に見捨てられた飾りのように、枯れた花が、緑の葉に抱擁されながらうなだれていた。

元気がない紫陽花の前で童女が三人、おはじきをして遊んでいた。

「あ、椿はんや」

何回もここをおとずれている椿と近くの町屋に住む童女たちは顔見知りなのだ。

茶色っぽい瞳をした童女が、小首をかしげている。

「椿はん……庭田はんのお嫁はんになるんやろ？」

「……そないな噂《うわさ》……あるん？」

不貞腐《ふてくさ》れたように言う。童女が、

「自分で言うたやん？　あ、もしかして……」

目を丸《まろ》げた童女が友達と囁《ささや》き話をはじめそうになったため、

「――たいがいにしいや」

怖い顔から、やさしい声を出して、叱る。

格子戸に白い手をかけた。江戸の長屋は、障子の戸が多いが、ここは京の長屋。入口は何処《どこ》か雅《みやび》な格子戸である。韋駄南天《いだなんてん》という妖木の鉢植えが、格子戸の傍に置かれていた。

南天の木と寸分変らぬ姿だから、素人目にはわからぬ。

――開ける。

中に、入った。

「おう椿」

横臥《おうが》し妖草経に目を通していた重奈雄は椿が入ると切れ長の双眸《そうぼう》をこちらにむけている。

色が白い、細身の男で、なかなか美男である。若い。

茶色い小袖を着ていた。

妖草師・重奈雄は春から初秋にかけて草色の衣、枯葉が目立つ頃から冬にかけて枯葉色の装束をまとう。

「さっきはすぐに、帰ってしまったではないか」

何故、立ち去ったのか、知っているのか、いないのか、見切れない言い方だった。

――重奈雄は滅多に思っていることを表情に露出させない。

しばし二人は、黙していた。

与作が心配そうにキョロキョロと二人をうかがう。

耐えかねて唇を開いたのは椿だった。

「あんお人……」

少し前まで曾我蕭白がいた隣室と重奈雄の部屋を区切る土壁を、睨む。

ふと——

(妖気)

重奈雄が所持するいくつかの妖草で、妖気が脈打ち、強くそれを感じる。

天眼通《てんがんつう》——人の世で蠢《うごめ》く妖草妖木を感知する能力《ちから》だ。古《いにしえ》の妖草師は天眼通をもっていたが当代の妖草師はこれを失してしまった。椿にはどういう訳か天眼通の異能があり、その力をもちいて重奈雄を幾度も助けている。

かつて二人で対峙した、妖草妖木が——眼前に茂り出す。蠢き出す。

無論、現実には、茂っていない。心の中で茂った妖しの草木が今、そこにあるように感じられるだけだ。

それらは、次々と、椿の前に、現れた。それが襲ってきた折の日差し、辺りの情景もはっきり胸に浮かんだ。

だがそれらの情景は決定的な何かを欠いていた。

——人間だ。

まるで留守文様のように、それら妖草妖木と対峙した人の姿がない風景が椿の胸底で活写されていた。

「椿」

重奈雄の声で、我に返る。

「隣の部屋に越してきはったゆう……あんお人は……」

さっき椿がここにきた時、件《くだん》の女は「それではお借りします」などと言って妖草経をもち、立ち去ろうとしていた処であった。

椿をみとめた女は、

『隣に越してきた——』

ここで気持ちがぶちのめされた椿の足は勝手に動き出している。弾《はじ》かれたように

——四条通に出てしまった。

今は冷静を取りもどしていた。重奈雄の言葉を、待つ。

書物を完全に置いた重奈雄が、細身のすっきりした体をもち上げる。妖しい魅惑をたたえた唇をほころばせ、

「ああ、あれは、かつら殿だ」

「かつら殿？」

「幕府採薬使《さいやくし》・阿部光任《あべみつとう》殿が娘、阿部かつら殿だ。本草《ほんぞう》学者の阿部将翁《しょうおう》殿は、存じておろう」

「名前だけは」

阿部将翁——陸奥盛岡《むつもりおか》の人で名を照任《てるとう》という。平安時代に源頼義《みなもとのよりよし》に敗死した蝦夷《えみし》の首領、安倍《あべ》氏の末裔《まつえい》とつたわる。

大坂《おおさか》に行く船に乗った将翁は暴風雨で清国《しんこく》に漂着。彼《か》の地で、医術と本草学を恐るべき吸収力でおさめ、帰国した。

将翁の名声を聞きつけた八代将軍・徳川吉宗《とくがわよしむね》は江戸に招聘《しょうへい》、屋敷をあたえ、採薬使に任じた。こういう本物の人材を即座に抜擢《ばってき》する吉宗の才覚は真《まこと》にすぐれたものがある。

吉宗は、将翁に諸国のめずらしい薬草、鉱石をあつめさせ、将軍家の役に立たせる

と共に、本草学の興隆を願った訳である。

将翁の門下生からは田村藍水《たむららんすい》が、藍水の門下生からは——平賀源内《ひらがげんない》が現れている。

「そない立派な御方のお孫はんが、どないな訳で京に？」

「……妖草」

重奈雄の切れ長の双眸から冷光が発せられる。

重奈雄によると——古来、東国には「関東妖草師」なる者たちが、いたという。

関東妖草師。それは源頼朝《よりとも》が幕府を草創した頃、京から庭田家の一部が東に下ったものだった。陰陽道《おんみょうどう》・土御門《つちみかど》家の一部が関東陰陽師として東国に下向しているのだから妖草師もまたこれにならったのだろう。

関東妖草師は室町の頃まで、活動していたようだ。が、享徳《きょうとく》の乱の頃——消息が途絶えた。

つまり戦国時代がはじまると共に関東妖草師は歴史から消えた。

乱世が終り、徳川氏が江戸に入る。将軍家は当然、草木の妖《あやかし》が人々に仇《あだ》なし、その専門家は京にいる事実をつかんでいた。ところが重大な事案で京に借りをつくりたくないという思いが幕閣にはあった。京が江戸に借りをつくるのはよいが、その逆はあってはならないという思いが、幕府にはあったのである。

かくして、妖草の事案は――すて置かれた。

ここで、重奈雄は、

「ほとんどの妖草は、町を焼き尽くす火車苔《かしゃごけ》など例外をのぞけば、凡俗の草木と何ら変らぬ姿でそだち……静かに人を狂わせたり、惑わしたり、病にしたりするものが多い。

妖草をすて置いても何か大きな怪事が起きていると、はっきりみとめられる者は少ないのだ。妖草師が、幾種かの妖草をくみ合わせて、悪事をたくらまぬ限りは……」

重奈雄によると自発的にそだった妖草が社会全体、地域全体を破壊する大騒ぎを出来《しゅったい》させた事案は――少ない。

「だから公儀は、妖草妖木には、目をつむってきたのだ」

「大騒動が起きた時はどないしたん?」

椿の問いに、重奈雄は答えた。

「昵懇《じっこん》の諸大名から――庭田家当主に連絡が入り、庭田家当主が所司代の許しを得て、関東に密《ひそ》かに下向。これを解決する。だが、開府以降、そこまでの大事は数える程しかない……。大名の屋敷に妖草が出た場合は、気の病を起す程度の草でも、庭田家が呼ばれるのだがな」

「………」

椿は複雑な心境になる。百姓の村や、町人地に出た妖草は……数十人、いや数百人を殺《あや》めぬ限り、妖草とはみとめられぬということだろう。

何かもやもやした気持ちが暗雲となって椿の心を陰らせるも重奈雄を見て払い飛ばしている。

眼前に座る許婚《いいなずけ》は――左様な、市井の人々を苦しめる妖草妖木と対決すべく、あえてこの長屋に住むことを選択した男だった。

重奈雄が言った。

「だが、この夏に起きた、妖草師が、妖草によって幕府転覆を図る事件が……幕閣を変えた」

「………」

「幕府は――妖草師を江戸でも育成せねばならない、さもなければ妖草師が妖草妖木によって江戸城を襲った時、即応できぬ、こう考えたようだ」

「――」

椿は白い光の矢に貫かれたような面差《おもざ》しになる。

「話、見えてきましたえ。妖草師……江戸でそだてる。そのために、草木や鉱石にくわしい本草学の家の者を京都で学ばせる……そういうこっとすな?」

本草学者とは植物は勿論、鉱物、化学なども考究する学者だ。

「ああ。それが、かつら殿。本草学を学ばれたかつら殿は——妖草経、妖木伝《ようぼくでん》を書写すべく京に参られた」

「しゃあけど何で、重奈雄はんの長屋なん? 重熈《しげひろ》はんの屋敷の方が、落ち着いて書写もできるん違《ちゃ》う?」

権大納言《ごんだいなごん》・庭田重熈は重奈雄の兄で、妖草師である。蛤御門《はまぐりごもん》傍に屋敷を構えていた。

重奈雄が何か答えようとした刹那《せつな》——女の声がひびいている。

「それはあたしが説明しよう」

はっとした椿が振り返る。

椿と重奈雄は屋内に、開かれた格子戸の外に与作、与作の隣に娘の影《シルエット》が立っていた。

——背が高い。

重奈雄と肩が並ぶくらいで、腰に小太刀を差していた。

入ってくる。

凜《りん》とした声で、

「幕府採薬使・阿部光任が娘、かつらだ。あんたが椿さんか？　重奈雄さんから、さっき聞いたよ」

低いが、よく通る、はきはきした声だった。一重の目は——澄明で、細く、涼しい。小さなおちょぼ口は愛嬌《あいきょう》があるが全体としては凜としたものが漂っている娘であった。

十九歳の椿は、腰を落とす。

「お初にお目にかかります。幕府御華司《おはなつかさ》・滝坊舜海《しゅんかい》が娘、椿言います」

同い年くらいだろうか。椿は、相手の年齢をはからんとしている。

鼠色《ねずみいろ》の地から、ススキ、そして満月を染め抜いた衣を着たかつらが、無造作に腰を下ろした。豪快な座り方だった。

(江戸の女《ひと》は皆、こないな感じなんやろか？　それとも、このかつらはんが特別なんやろか？)

かつらが言った。

「あたしが京にきたのは、七日前。あの人は……」

庭田重熙のことである。

「あたしが妖草経を破ったりしないか心配だったらしいね。あの人の前か、あの人の用人の前で、書写せいと、こう言う訳だ」

大切な書物であるし重熙の気持ちもわからないではない椿である。

「――あたしの身になってくれよ。ずっと、じろじろ見られていて、はかどらないだろ？　集中できない。

だから、じろじろ見られて駄目だから――幕命を果たせそうにない。一人で書写させてくれ、そう言った訳だ」

田舎家で味噌汁《みそしる》を煮るのにつかう鉄鍋《てつなべ》のような、武骨な言い方だった。

「それで、喧嘩《けんか》になった」

「俺の所で何とかならんかと……。兄から、お鉢が、まわってきた訳だ」

重奈雄が言い足している。かつらが幕府を後ろ盾とする以上、重熙も関東に追い返す訳にはいかなかったのだろう。とはいえ、重熙も一応……権大納言なのである。ここまで関東からきた小娘に馬鹿にされては屋敷に置いて妖草経を伝授する気になれなかったのであろう。

（そやさかい、重奈雄はんの長屋に……？　何か嫌やなぁ、それ……）

思わず首をかしげる、椿だ。だが、すぐに、首を直す。面差しを引きしめた。花をおしえる女門弟に相対す顔だ。椿の父、舜海は五台院《ごだいいん》という寺の執行《しぎょう》であり、椿の家は室町の頃から花の道を探究している。その伝統を背負う顔付きになった。

鋭気の風圧を――相手におくった。

「かつらはん。こないなこと……初めてお会いした方に言うのも何なんどすけど……」

「――何？　聞くよ」

かつらは挑発的に腕を組んだ。

「上洛《じょうらく》しやはって、僅《わず》か七日で、一つの道、おそわるゆう約束をした方と喧嘩する。……こないなことではかつらはん、どの道にすすみはっても大成せんとうちは思います」

これは千年の都に住む娘としては、かなりずばっとした口上だった。

「上洛して七日で喧嘩。……反省している。たしかに、あたしが、悪いと思う」

意外にも――殊勝なる反省を見せたかつらであった。

慮外なる素直さに、藻食魚《そうしょくぎょ》みたいに目を丸げた椿は、すぐに眼《まなこ》を細め、

「しかも喧嘩の相手は……権大納言……」

「そこは別に——あたしは気にしない」

今度はかつらはきっぱり否定している。

「あたしは——官位など気にしない。幕府の役職も気にしない。

あたしが敬意をあらわすのは心から敬意を表せると思えた男や女だけ。

偉い役職にあるから……偉い人とは思わない。権大納言も、老中も、若年寄も一緒。

そんなもんは——下らぬ慣習や、家柄で決められたもので、実力を反映しない、何の
意味もないものと思ってる」

「…………」

「あたしはそうやって生きてきた」

「随分、不器用な生き方どすなあ。そやけど、この都は……かつらはんが思うよりも
古い仕来《しきた》りとかを大切にする町かもしれまへんえ」

自分でも嫌な女になりつつあるなと思いつつ椿は皮肉を口にせざるを得ない。

「——あ、そう。別に、いいよ」

かつらは笑んだ。

「古い仕来りとか、考え方を、あたしは——破壊し、ぶちのめし、突き抜けて、向う

側へすすむ」

「かつらはんが言う古い仕来りや考え方大切にしとる人たちの気持ちは？」

「一切——気にしない」

かつらは不敵に笑んで首を強く横に振った。

かつらが立つ。

冷たい目で椿を見下ろし、

「椿さん……やきもきしないで。不安になる必要は、ないから。あたしはあんたの重奈雄さんに手を出すつもりなんてないよ。——ふ。あたしはただ、幕府の命令で、妖草経と妖木伝を書き写しにきただけ。兄貴が病弱でさ。……あたしが、こなきゃいけなかったの。じゃ、そういうことで」

——立ち去ろうとした。

「ちょい待ち！」

椿が、叫ぶ。切迫した形相だ。

「庭田重奈雄は……うちの夫になる男どす。重奈雄のこと、うちは応援しとります。重奈雄が、かつらはんに妖草のことおしえる言うなら……それをささえるのが、うちの役目！

なのに、やきもきせーへんでとか——何言《ゆ》うといやす（何を言っているんですか）？

やきもきする理由ゆうもんが、うちには見当りまへん」

「——ふ」

冷たい笑みを浮かべるやかつらは——立ち去った。隣室、乃《すなわ》ち曾我蕭白がついこの前まで住んでいた部屋に、人が入る気配がある。椿と与作はほぼ同時に熱い歯ぎしりをしている。

（何やの、あん女……腹立つわぁっ。ああ、腹立つわぁ——）

椿の歯ぎしりはこういう憤りを噛《か》み殺す歯ぎしりだ。

妖草師が、天眼通をもつ花道家元の娘に声をかける。

「……そういうことなのだ、椿」

「何がそういうことなんどす？　シゲさん」

幼少の頃、椿は重奈雄をシゲさんと呼んでいた。公家《くげ》、庭田家は妖草師としての一面をもつが家業として御所の花飾りも担当する。そういう方面から花道・滝坊家とも接点があったのである。

「蕭白は……当分、伊勢からもどってこまい」

今となっては不潔なボロ衣にぼさぼさ髪、無精髭を生やした無頼の絵師、曾我蕭白がなつかしい椿だった。

「蕭白がいた部屋にかつら殿が住み妖草経、妖木伝を書写する。……徳川《とくせん》家の命ということもあり俺としても逆らえない」

「………」

「妖草経、妖木伝を読みこなすのは相当むずかしい」

漢文で書かれており椿には読めない。中国大陸に漂着した阿部将翁が孫、かつらには読解出来るのだと思われる。

「かつら殿がわからない処があれば……俺がおしえねばならぬ」

「……何でですのん？」

おさえよう、自制しようと思っても、さっきからこらえていた感情が出てしまう。

赤い憤りが炸裂《さくれつ》してしまう。

「……そないに高名な学者はんのお孫はんなら、どないにむずかしい字でも読めるん違《ちゃ》います？　仮に、読めへんでも、江戸には、漢籍に堪能な学者はんが仰山《ぎょうさん》おいやす。妖草経、妖木伝に書かれた字ーそのままうつして、江戸にかえれば、ええゆう話でっしゃろ？」

「いや、そういう訳にもいかないだろう」

白皙《はくせき》の重奈雄は、手を横に振っている。

「大昔、人が書いた字ゆえ、わかりにくい部分がある。かつら殿が他の字と誤解すれば……江戸に間違った知識がつたわってしまう。誤りが関東につたわれば、それがきっかけで命を落とす者が……出てしまうかもしれない。

俺は、それを、避けたい。東国が乱れれば、六十余州が乱れる。都も乱れる。

そうすれば椿……俺の大切なお前も危ない目に遭ってしまう」

重奈雄が椿の手を、固くにぎった。その様子を与作は外から見ていたが慌てて目をそらした。

頬を紅潮させた椿は、小さくうなずいた。与作が見ていないのをたしかめた重奈雄は椿をそっと抱き寄せた。

その瞬間――

「シゲさん。わからない字が、ある。おしえてくれ」

かつらが、入ってくる。

急いで重奈雄からはなれた椿は熱烈に抗議している。

「何であんたが、シゲさんをそないに呼ぶん!」

かつらは、驚いたように、

「ああ……まだ、いたのか」

思わず椿は――歯噛みする。

（腹っ立つわぁ、何やの、この女！……腹っ立つわぁ……！）

憤懣《ふんまん》の汁が熱くにじみ出て歯と歯の間から吹きこぼれそうだった。

鼻の神経が鋭くなり、豆がら茶の着物に染みついた簞笥《たんす》の臭い、乃ち樟脳《しょうのう》のつんとする香りがやけに強く感じられた。

椿の怒りが、与作に伝染《うつ》る。

与作が険しい面持ちでかつらを睨んだ。

刹那――

「殺気」

小太刀を腰に差したかつらは――只《ただ》ならぬ勢いで、鉄扇を抜きながら体を反転させる。

鉄でできた、黒い扇が、威嚇《いかく》するように、ビュッと、空《くう》を切る。

扇は与作にとどかなかったが、もしかつらが抜いたのが小太刀なら与作の首は飛んだろう。武芸の心得がない椿でもそう感じる。

——左程、凄《すさ》まじい勢いだった。

圧倒的な闘気の塊をぶつけられた与作は力をうしない家の表でへたり込んでいる。

かつらが声を、かける。

「ご老体、起きられるか？　あたしは山口《やまぐち》流小太刀を学んでいるので……敵襲には敏感なんだ」

「敵襲やありまへん。敵襲、違いますぅ」

与作が弱々しく手を横振りした。

山口流——盛岡藩につたわった剣法で、宮本武蔵《みやもとむさし》と同時期に活躍した山口卜真斎《ぼくしんさい》が開いたという。居合術、小太刀術を包摂し、土佐《とさ》藩で隆盛を極めた無外《むがい》流はこの山口流からわかれ出たという。

与作を助け起したかつらは重奈雄からわからない字を訊《き》いていった……。その間、椿は、激怒を通りこした果てにある笑顔を見せていた。

＊

庭田重奈雄の長屋に池大雅がやってきたのは、その日の夕刻である。

重奈雄が表で韋駄南天に水やりしていると、

「庭田はん」

「おお、待賈堂《たいかどう》さん」

絵師、池大雅は知恩院袋《ちおんいんふくろ》町《ちょう》で待賈堂なる扇屋をいとなむ。普段は温顔の人雅から、白皙の妖草師は只ならぬものを感取する。

（――妖草がらみのことだな）

桜桃《ゆすらうめ》に似た唇が――ほころぶ。

「中で話しましょう」


大雅は夕闇を背負ってきたようだった――。四畳半の間はさっきより随分、暗くなっていて、肌寒い。今年の京は冬の入りが早いのかもしれない。

火鉢で炭火を熾《おこ》す。

火鉢の炎で下から照らされた二人は、そのあえかな照明《あかり》で暖を取りながら、差し向かいになって話した。

大雅の話というのはこうであった。

京の東北に——赤山禅院《せきざんぜんいん》という寺がある。

都の鬼門を守る古刹《こさつ》だ。

赤山禅院の歴史は古い。

最澄《さいちょう》の愛弟子《まなでし》、慈覚《じかく》大師・円仁《えんにん》の発願《ほつがん》にはじまるという。赤山禅院には泰山府君《たいざんふくん》がまつられている。——陰陽道の神だ。赤山大明神として、まつられている。

延暦寺《えんりゃくじ》の別院たる赤山禅院。赤山禅院界隈《かいわい》を古来、西坂本《にしさかもと》と言った。叡山に上る雲母坂《きららざか》の下にあるからだ。

その赤山禅院近くで近頃、怪しい女が出るという……。

「どないに怪しいか言いますと、市女笠かぶっとって……ほんまに、古風と、聞いとります」

「ほう。もっと詳しく」

重奈雄はいたく興味をそそられたようだった。

なまめかしく、妖美なその女は——赤山禅院傍を歩く男に声をかける。女性《にょしょう》は無視し、男にしか声をかけない。声をかけられた男は恍惚《こうこつ》とした表情になり……女について行ってしまう。――そして、二度ともどってこぬ。

重奈雄が冷ややかな双眼を細める。

「単独の男でなく連れがいる場合は？　その連れは、男を止められないのかな？」

「ちびっとした隙《すき》に、姿見えへんようになるゆうこっとす……」

「……ううむ」

重奈雄は右掌《みぎてのひら》で白くなめらかな頬をさすった。

「もしかしたら、妖草からんどるん違うかな思うて……。どない思われます？」

重奈雄は表情を動かさなかった。己の胸中を明示していない。大雅は、この沈着さが妖草師・庭田重奈雄の一つの強みと思っている。いかなる妖草妖木が現れても、びくともしない強さは此処《ここ》から生れると感ずる。

重奈雄が、言った。

「似たような話を……以前、聞いた覚えがある。近くにツバキの樹など生えていないかな？」

重奈雄が問うと同時に火鉢の火が一際赤く爆《は》ぜている。

肌寒さが忍びよってきて、大雅の肩をそっと叩いた。

小さく身震いした大雅の前で重奈雄は平静を崩さぬ。三十六歳の大雅は、重奈雄より十歳上だ。齢《よわい》を重ねると、寒さに弱くなるのかと少々気落ちしつつ、穏和な面《おもて》をひねって懸命に思い出そうとした。

「……そや」

「何か思い出しましたか？」

「他ならぬ赤山さんに……ツバキの古木あるゆう話やわ。そのツバキ……狂い咲きしとるとか」


秋咲きの品種もあるが一般的にツバキは春に花開く樹木だ。

「――成程《なるほど》。益々《ますます》、面白い。明日行ってみましょう」

「やはり妖草妖木でっしゃろか？　そない思うて庭田はん訪ねてきましたんや」

大雅は己の庵《いおり》に出た妖草の駆逐を、重奈雄にたのんだ覚えがある。

「まだ断言は出来ぬが……その可能性はある」

強い決意をおびた重奈雄の手が火鉢にかざされた。

＊

翌日、昼。

庭田重奈雄、滝坊椿、男装のかつら、池大雅の四人は、鴨川東岸を北へ上っている。秋晴れである。

左方、鴨川につづく緩斜面で春に花咲くナズナやホトケノザが一斉に咲き乱れているのをみとめた椿は、思う。

（ナズナやホトケノザが秋咲いても……誰も狂い咲きと言わん。草やさかい……誰も関心がおへん。一方、ツバキや桜が秋咲くと……人は狂い咲きやと騒ぐ。

そのツバキや桜……決して狂っとるんやない。何か思惑があって咲いたん違うかな？　うちはそない思うんどす）

天眼通をもつ椿は、重奈雄から出動をこわれた。妖草妖木を実地で見分したいというかつらは重奈雄から同道をみとめられた。妖草との激しい戦いの話を聞いていたかつらは、小太刀を存分にふるうため袴《はかま》をはき、髪は一つにたばねてきたという。重奈雄は鉄棒蘭《てつぼうらん》と呼ばれる妖草が二本着生した杖《つえ》をもち、山口流をつかうかつらは朱漆塗の小太刀を帯に差している。

（この前は島田にゆっとったけど……今の方が、かつらはんの本来の姿である気がする）

花道家元の娘たる、椿と、絵を描く傍ら扇を売る男、大雅は、丸腰だ。釣舟《つりふね》という、可憐だが崩れやすい髪に、椿は手をそえる。

かつらは——妖草経についてわからぬ処をさかんに重奈雄に訊いている。重奈雄は親切におしえていた。

まず、重奈雄とかつらが行き、椿と大雅がつづく。重奈雄の許婚として幕府の用命——かつらに妖草経を伝授する——を応援しなければいけない立場の椿だが、眼前で展開される光景は何だかちくちくと、胸に突き刺さった。

池大雅はそのような椿が孤立感を深めないかと配慮。いろいろと、話しかけてくれた。大雅に気をつかわれている己が恥ずかしく、椿は思わず丹《に》つらう。

左前方、荒神橋《こうじんばし》が現れる。

仙洞《せんとう》御所の方へ行く橋だった。

右は会津《あいづ》松平《まつだいら》家京屋敷だ。

さらにすすんだ一行は高野川《たかのがわ》と賀茂川《かもがわ》が合流し一つの川、鴨川になっている所まできた。

都の鬼門を守る赤山禅院に行くには、もう少し高野川沿いを北東へ行く。

左から澄み切った清流、高野川の水音がひびき、右手に百姓地が展開している。

大根や蕪《かぶ》、ネギの畑がみとめられた。畑を守るように立つ梅の木はよぼよぼの老人のように葉から元気をなくしていた。まだ黄ばんではいない葉群《はむら》は水気をうしない、しなびていた。

取り入れが終った田がある。

稲株が整然と並んでいて、青か黄か、判然としない渋い趣の竹竿《たけざお》にかける形で、干し草色になった稲の束がかかっていた。稲架《はさ》である。赤トンボが飛びかい、茶色い蛙《かえる》が椿の足元で跳ねている。

椿が足を止める。

「どうしたのだ」

重奈雄が、振り返った。

「田んぼの方から……妖気が……」

椿は言った。

「……ほう。行ってみよう」

今まで微笑しながらかつらの問いに答えていた重奈雄が相好《そうごう》を引きしめた。

四人は高野川沿いに行く道をはなれ、稲株を踏んで歩いている。サク、サクという小気味よい音がひびき、地面を嘴《くちばし》でつついていた雀《すずめ》たちが逃げてゆく。

稲架の陰に——彼岸花《ひがんばな》が咲いている。

妖気が強まった。

椿がひょろりと長い茎の上で紅蓮《ぐれん》に咲いた数株の彼岸花を指した。

「この彼岸花が——妖草と違いまっしゃろか？　うちには、ここから妖気が出とる気がする」

「成程……興味深い」

重奈雄は、首肯した。一見、何の変哲もない彼岸花ゆえ大雅もかつらも興味津々《しんしん》でのぞき込む。

重奈雄はそっと手をのばし茎をつかんだ。そして、何やら一人でうなずいている。

手を放すと、

「間違いない。——常世の草《もの》だ」

紅の唇が、それが妖草であることを告げた。

「かつらさん。この彼岸花……いや、彼岸花に見える妖草《くさ》にふれてみてくれないか」

重奈雄が、かつらにむく。首を小さく振ったかつらが、彼岸花にそっくりの草にふれる。

「――」

男装の江戸娘は素早く手を放し思わず身構えた。

「これは……。何やら手先が、ピリピリと」

「うむ。待賈堂さんと、椿もやってごらん」

言われた通り、大雅と、椿が、草にさわった。茎にふれた刹那、静電気のようなピリピリした感触が椿につたわってきた。――凡俗の彼岸花でないのは明らかだ。

重奈雄が、

「かつらさんが今まで読んだ妖草経にこの妖草は出てこない。この妖草は、妖草経第六巻に出てくる。――精霊花《しょうりょうか》、という」

日本に彼岸花がやってきたのは縄文《じょうもん》晩期だという。稲作と共に、中国大陸南部、長江《ちょうこう》流域地帯から渡来したと考えられる。

彼岸花は鱗茎《りんけい》に毒をもつ。故にこの花を畔《あぜ》にうえることで、土に穴を掘る小動物の侵入をふせぐ。

妖草・精霊花――彼岸花と瓜二《うりふた》つの常世の花である。彼岸花との違いは、二つ。まず茎部分から静電気に似た気の放出が見られること。いま一つが、精霊、乃ち霊魂を呼ぶ働きがあること。

「霊魂をどのような形で呼ぶか……妖草経に、そこまでの言及は見られぬ」

重奈雄は解説している。

「何かの役に立つかもしれない。椿、幾株か摘んでいこう」

「……はい」

精霊花にのびた椿の手が、透明な壁にはばまれて、静止する。

「……あかへん（いけない）。摘んで、祟《たた》りとか、ありまへんか？　何かいわくつきの花のような気がするさかい……」

焔《ほむら》に似た花を咲かせる彼岸花は何処か翳《かげ》りをおびた印象をもつ花である。それは、彼岸花が鱗茎にもつ毒か、この花が墓地によく見られることのどちらかに、起因するのだと思われる。

妖草・精霊花は彼岸花に瓜二つの姿で、おまけに霊魂を呼ぶ妖力がある。椿でなくても抵抗を感じるのではないだろうか。

ためらう椿は——精霊花を摘めない。

と、

「なら、あたしが、摘む」

椿の横から手がのびた。

かつらだった。かつらは無造作に、精霊花を三本抜き取った。

椿は思わず歯嚙みする。

対抗心が、ためらいを吹っ飛ばし——椿の手をも動かし、精霊花を二本摘ませた。

五本、精霊花を摘んだ重奈雄一行は、高野川の支流、音羽川《おとわがわ》が現れると、今度は音羽川沿いに北東へむかう。

正午頃、赤山禅院門前に到達している。

赤山大明神という額がかかげられた、大きな石造りの鳥居の前で、大雅が、

「一昨日、人が消えたんは、ここと聞いとります。暗《くろ》うなる少し前……黄昏《たそがれ》時……市女笠の女が男に声かけた」

「………」

「男の連れが少し目ぇはなした隙に……消えとった。それっきりや。庭田はん、女が立っとった他の場所も見てみます？　近くの者に訊けば、わかる思います」

門前には漬物屋や茶屋、筆屋など幾軒かの店が並んでいた。

重奈雄が頭《かぶり》を振る。

「いや。狂い咲きしたツバキを、先に見てみよう」

「ほしたら、こっちどす」

かつらが、微笑する。

「狂い咲きしたツバキ……。――ふ」

「かつらはん。何どすか？　その笑い」

椿の語気は思わず硬質化していた。

「別に」

さらりと答えたかつらは、椿でなく、前をしっかりと見据え、鳥居をくぐった。椿も追う。


境内に歩み入った四人。

鬼門除《よ》けの猿《さる》像が拝殿の屋上に据えられていた。拝殿の左手に地蔵堂、奥に本殿がある。本殿は赤山大明神をまつった大きな堂だ。本殿の裏手では樫《かし》類を中心とする森が厳《いか》めしい面差しで重奈雄たちを睥睨《へいげい》している。

と——

（……妖気……！）

心臓が、飛び跳ねそうな程大きく脈打ち、椿を驚かせた。冷たい質量を有する妖気が本殿の裏手からぶつかってきた。それは、さっき精霊花に感じた、ピリピリと肌にふれてくる妖気とは異なる。もっと、強く重く、ぶつかってくるという感覚だった——。

妖草だとしたら相当な大群落、妖木ならば、非常に強い力をもつ樹だと、椿は思う。

「——いる、のだな？　椿」

重奈雄がたしかめる。椿の表情が只ならぬ変化を見せたのに気づいたのだ。

椿は少し胸を張り、本殿の奥の方へ顎《あご》を振る。

「本殿のあっちゃべらどすえ」

重奈雄が、桜桃が如《ごと》き唇をほころばす。

「——行ってみよう」

池と本殿の間を通って一行は境内の奥へすすんだ。池は暗い淀《よど》みをたたえていた。粘菌や、キノコが繁栄《さかえ》た、樫やシイの木立がどんどん大きくなる。木立が近づくにつれ、椿に迫る妖気も重みをます。アラ樫やスダジイに木蔓《きづる》がからみ、山桜の樹皮を苔がおおっていた。

椿は首をそらして、さる大樹をあおぐ。

「……この樹や。強い妖気が常に脈打っとる」

その藪ツバキは、全木苔におおわれ今にも倒れそうになっている山桜の隣に立っていた。

本来、春咲くはずの真っ赤な花が大量に咲き乱れている。

――大きく、古い樹だ。

血を思わせる真紅の中心で、どぎつい黄色の雄蕊《おしべ》が束になっていた。そんな花が樹がもつ蠟《ろう》によっててかてかと光沢をおびた葉群を埋めるように咲いていた。

「……蜂……」

重奈雄が、しゃがむ。地面を注視する。椿も膝《ひざ》をおり赤い落花が散乱している地面を眺めた。ツバキは桜やサザンカの如く、花びらを一枚一枚風にのせて、散らしたりはしない。丸ごと――ボトリと落とす。

今、狂い咲きした藪ツバキの樹下には真っ赤な落花が、みだらな敷物のように樹に咲いた姿のまま転がっていた。落ちた花どものあわいには蜜蜂の骸が散乱していた。

「妙な光景だな。これほど多くの蜂が死んでいる樹が、他にあろうか」

重奈雄の言に椿たちは首を横に振っている。

赤い花の海で死んだ蜂たちの姿は、藪ツバキという女王の命で、戦場で倒れた幾多の兵たちのようだった。

「恐らく、この樹の蜜に——蜂を殺す何かがある」

重奈雄は、分析する。そして、銀の小刀を取り出した。

灰色の樹皮に小刀があてがわれている。

「もし幹を削り、にじんだ樹液が血のように赤かったら……これは……」

かつらが、

「妖木伝に出てくる、あやしのツバキ」

「その通り。あやしのツバキだ」

重奈雄が、同意する。椿は、反射的に、歯噛みする。

「あやしのツバキは……男女のことに関する、強い怨念《おんねん》を苗床とする妖木」

(あやしのツバキ……何で人の世に出るか、うちには何となく……わかるわ)

そう思った椿に、

「椿、聞いているか？　これが成育すると、妖女もしくは怪しい美男となり、近くを通る者を誘惑する。誘惑された者は蜂に姿を変え、妖木の花の蜜に溺《おぼ》れる。その蜜には命を奪う毒素《どく》がふくまれているゆえ、蜜を吸った蜂は絶息する」

「ほな、この蜂は全て元人間……」

大雅が動揺した。

「そういうことになりますな。とにかく幹を、切ってみよう」

重奈雄は刃をゆっくり横向きにし——一気に右へ引いた。

血色の液体がどっと溢《あふ》れた。

「やはりな」

重奈雄が冷やかな光を瞳から放出している。

——その時だ。

「何をしておる！」

振り返ると——行者が二人立っていた。

赤山禅院は比叡山を代表する山岳修験《しゆげん》の荒行、千日回峰《せんにちかいほう》の一部、赤山苦行の舞台として知られる。千日回峰とは——叡山山中のさだめられた長距離を、一千日の間寝る間も惜しんで歩きつづける、尋常ならざる修行で、赤山苦行は、叡山の上から麓の赤山まで日に約六十キロを抖擻《とそう》して行き来し、赤山大明神の神前に花をそなえるという荒行である。

　赤山禅院にはこのように行者が立ち寄る機会が多い。今、重奈雄たちに話しかけた山伏は回峰行者と思えなかったが何らかの所用があり当地をおとずれたのだろう。

「失礼した。俺は、庭田重奈雄。——妖草師。人の世を騒がす常世の草木と相対する者。当院の庭に……ツバキの妖怪がおり、それが近くを通る者に仇なしていると知り、罷《まか》り越した次第」

「何を訳のわからぬことを言っておる！」

　山伏たちは激しく怒り、重奈雄の首根っこがつかまれた。銀の小刀が没収される。かつらの手が小太刀にかけられるも重奈雄の目がそれを制した。

　椿と大雅は真っ白い茫然《ぼうぜん》に打ち据えられていた——。

　結局、重奈雄が何をどう言いつくろっても、山伏二人は聞く耳をもたない。当院にそだつ由緒ある樹を傷つけようとした不埒《ふらち》な者、という認識をあらためようとしない。

　四人は境内から追い出されている。排除されている。

「むう……」

　築地塀《ついじべい》の外に出た重奈雄が境内に繁茂する大樹どもを睨む。

「わしのよう知る土器屋《かわらけや》が、この近くで店出しとります。そこでやすみまひょ」

うふうに、話は落ち着いた。


大雅が、提案した。

土器屋に入り、そこで日が暮れるのをまち――また赤山禅院に忍び込もうというふうに、話は落ち着いた。


夜――

重奈雄たちは築地塀にかこまれた赤山禅院を睨んでいた。

「行こう」

重奈雄が囁くと、手にもつ杖で――二本の棒状妖草が蠢動《しゅんどう》した。

鉄棒蘭――鋼《はがね》よりも硬い妖草《くさ》で、色は黒。数間《すうけん》（一間は約一・八メートル）まで自在にのび、ぐにゃぐにゃと蠢く。

重奈雄は伸長した鉄棒蘭を塀の内側にある柿の大木にからませている。塀の内側では、夜の木立が鬱蒼《うっそう》たる影になっていた。

柿にからまった鉄棒蘭が、重奈雄の体を、引き上げる。

樹上の人となった重奈雄は再び伸長した鉄棒蘭を下に垂らした。斯様《かよう》なやり方で、全員が樹上の人になった。次に重奈雄は鉄棒蘭を柿の太枝にからませたまま、それが着生する杖を、下方、境内の地面に落とした。

樹上から、地面へ、鉄棒蘭が斜めに空《くう》を走る形で、架け橋となる。

この架け橋を手でつたう形で全員が境内に侵入している。

籔に潜んだ重奈雄は次に、まだ青い瓢箪《ひょうたん》を取り出す。

かつらが、

「これが……明《あか》り瓢《ひさご》？」

囁くと、重奈雄はうなずいた。椿がしーっというふうに指を口に当てた。

重奈雄が、明り瓢を、さする。

黄緑色の淡い光がそれをにぎる指と指の間からもれた。

重奈雄の明り瓢には、紐《ひも》がついている。紐を鉄棒蘭の杖にかける。

照明、兼、武器と言っていい頼もしい棒をもった重奈雄を先頭に、椿、かつら、斧《おの》を所持した池大雅がつづく。斧は、土器屋からかりてきた。

叡山と共に都の鬼門を守る赤山禅院。その古刹を震源地とし、京を騒がす怪異。その怪異を解決すべくやってきた自分たち。己らが都を守っているのだという得体の知れぬ興奮が、ざわざわと椿の胸を満たした。

四人は夜の赤山禅院を潜行、件の樹の前までやってきた——。

大雅は斧を二丁もっている。内一丁が、重奈雄に、渡される。

妖木伝・あやしのツバキの項には――霊山から湧き出ずる霊水であらった斧に、塩と餅米《もちごめ》の粉をふりかけよ。その斧で伐り倒せ、としるされていた。

今二人が手にするのは左様な処置をほどこした斧である。

これ以上、犠牲者を出す訳にはいかぬ。今夜、斧で伐り倒す――重奈雄の思案である。

明り瓢の黄緑光が、ツバキのなめらかな樹皮を照らす。苔によって薄緑色の箇所、焦げ茶色の大地と云《い》うべき場所、その大地にかかった白い靄《もや》に似た部分、古いツバキの樹皮は場所により様子が違った。

重奈雄が大雅に目で合図している。

斧が――振るわれた。

瞬間、

ゴッォオオ――ッ！

凄まじい轟《とどろ》きが、起った。恐ろしい大音で、近隣の家々で、犬どもが吠《ほ》えた。――

樹が鳴いたのだ。樹皮から血汁に似た樹液が垂れはじめていた。斧を振ったのは重奈雄で、大雅はツバキの咆哮《ほうこう》にすくみ体を強張《こわば》らせている。

間髪いれず藪ツバキの古木は異様な変化を見せはじめる。

波濤《はとう》のような音が、樹上でひびき出す。

葉や、花。

葉や花が、幹から分離し、集合し、互いをこね合い、ある一つの形にならんとしている。荒波に似た音は大量の葉や花が集合する時に生れる音なのだ——。

「何や、あれは……。大蛇《おろち》、大蛇やっ……」

唖然《あぜん》とした面持ちの椿が呟く。

——そう。

妖椿《ようぼく》は今、ツバキの硬い葉や紅蓮《ぐれん》の花で構成された長大なる蛇に、なろうとしていた。

「タア！」

目にもとまらぬ速さで、小太刀を抜いた、かつらが、跳躍する——。

「やめるんだ、かつらさん！」

重奈雄が止めるも間に合わない。山口流剣術にすぐれるかつら。蝦夷の猛者《もさ》の血を引く猛女である。男装のかつらが渾身《こんしん》の力を込めた一太刀が――葉や花で出来た大蛇の頭部に斬り込む。

――ッ！

かつらが、着地する。

敵は健在だ。長い鎌首《かまくび》をぐるぐるまわすことで、己の健やかさを重奈雄たちにしめした。むしろ、かつらの一太刀は、のっぺらぼうだった大蛇の顔に……口をつくってしまった。

「……ぬう」

火花に似た闘気が、呻《うめ》きと共に、かつらからもれる。かつらは上方にむかって小太刀を構えている。

「シゲさん、こうなった時のこいつの倒し方は？」

かつらのきびきびした問いかけに、重奈雄は、

「妖木伝にその記述はない」

「――」

妖草経や妖木伝に倒し方の記述がない場合、妖草師は有効なる駆逐法を自力で見つけねばならない。

大蛇が如き姿になったあやしのツバキが——四人に襲いかかる。ツバキの妖木と戦う自分に椿は複雑な気持ちをいだく。

風が、ぶった切られる。黒い棒状妖草が夜の空《くう》を薙《な》ぐ。

椿が、生唾《なまつば》を呑む。

(——鉄棒蘭)

重奈雄が念をおくった二本の鉄棒蘭が猛速度で動き大蛇の頭《こうべ》を叩こうとしていた。

が、敵もさるもの。

(速い)

さっと鎌首を後退させ、重奈雄の攻撃をかわした。そしてすぐに、重奈雄に嚙みつかんとしてきた——。鉄棒蘭が豪速で振られる。

今度は、当った。大音と共に、葉や、花が、いくつも散る。

が、散った葉や花はすぐにまた元の位置にもどり、傷ついた大蛇の体を修復している。

「……何て奴だ」

重奈雄は眉を顰《ひそ》めた。

植物質の大蛇は挑発するかのように首をかしげた。

「一度、態勢を立て直そう。逃げるぞ」

重奈雄が言い、四人が走りはじめた。あやしのツバキは幹からはなれ凄まじい勢いで追いかけてくる。重奈雄が殿《しんがり》になる。

――藪が、近づいてくる。

藪に逃げ込めば、木々が邪魔し、奴は入ってこないかもしれない。

手足が、アラ樫やスダジイの枝葉を掻き分け、四人は藪に吸い込まれた。

自分たちを追い喰らわんとする蛇状の妖気を椿は背中でひしひしと感知している。

今、掻き分けている木立よ、盾になってくれと椿は切願する。

次の瞬間、その淡い希望は、打ち砕かれた。

(何ちゅう敵や――)

妖気が、分裂する。一本の長く太い妖気が、無数のこまやかな殺気に変る。

何と、分離した敵は、宙を飛ぶ幾枚もの葉、幾輪もの花の嵐となって、木と木のあわいを通過。重奈雄たちを追ってきた。

椿が、叫ぶ。

「シゲさん！　どえらい敵や。葉や花がぎょうさん……。わかれて追ってくる」

「――心得た」

後ろを走る妖草師が冷静沈着に答える。

籔を、突き抜けた。

籔が開けた先には墓地が展開していた。

冷たい月明りが苔むした五輪塔の輪郭を愛撫《あいぶ》するようにそっと照らしている。

古の公達《きんだち》めいた白い相貌《そうぼう》を、厳しく引きしめた重奈雄が、鉄棒蘭がうねる杖を構えながら、敵が迫る方にむいた。小太刀を構えたかつらが隣に立つ。大雅も、棒をにぎる力を強める。

バサバサと音が立ち、藪がふくらみ——いくつものツバキの葉や花が飛来した。

それらはあっという間に大蛇の形をなした。

ふと、椿は気づいている。

懐に入れた精霊花が朧《おぼろ》な銀色の燐光を発しているのを……。取り出す。手にした時の、ピリピリした静電気も、発光に比例して強まる。

（どないしたんやろ？　さっきまで、こないな光は……）

見れば大分古い五輪塔が一つ、同じ光を発していた。鉄棒蘭を構えた重奈雄と、古ツバキから生れた大蛇は、どちらが先に襲うか、さぐり合い、睨み合っていた。

椿の無意識が彼女の足を動かし銀光を発する五輪塔に歩みよらせる。

椿は光る精霊花で、光る五輪塔に、ふれてみる。

するとどうだろう。

二つの光がまじり合い、一つになって——薄《うっす》らと発光する人間《ひと》の形になったではないか。

後ろで、戦いが、はじまる。鉄棒蘭と大蛇がぶつかり合っている。

が、椿の意識は、

（シゲさんは、精霊花が……霊魂呼ぶ草言うとった。ほしたら、これは……）

人間の形となった光は、向う側が透けて見えた。そして下半身のあたりはもっとぼんやりしていて途中で空間に溶け込んでいた。

（幽霊？）

精霊花が呼んだ幽霊と思《おぼ》しき存在《もの》は、初老の男だった。行者であるらしい。顎が逞《たくま》しく、目が小さく、きわめて強い眼力をもつ人物だ。ちょっとやそっとのことではぶれない強靭《きょうじん》なる意志力をもつ人のようだった。

足がない行者はこちらに近づいてきた。

そして——椿の体をすり抜けている。

何も感じなかった。一切、妖気はない。

つまり、妖草とは関りないが……この世の者でもない存在なのは明らかだ。

行者が重奈雄の隣に立つと、大蛇は攻撃を停止した。見覚えでもあるのか、首を斜にかしげ、行者を眺めていた。

重奈雄が行者にちらりと、視線を走らせる。

「この人は？」

椿が、

「精霊花で五輪塔ふれたら……現れはったんや」

「…………」

重奈雄は怜悧《れいり》な面差しで陽炎《かげろう》が如く儚《はかな》い行者の霊を眺めている。

大蛇が、動かんとする。

と、

「おつう！」

行者が一喝をあびせた。朧な体から、たしかな熱量をもった塊が発せられ、大蛇に衝突《ぶつか》る。——そんな具合の一喝だった。

ツバキが化けた大蛇は、まさに重奈雄を食い千切らんと猛進している最中であったが、一喝を受けはたと止る。

夜風が吹く。

大蛇を形づくるツバキの照葉《しょうよう》や赤い花ががさがさとふるえた。

「もうやめるのじゃ！」

山伏は、叫んだ。

重奈雄が、

「やはり――花尻の森のおつうであったか」

重奈雄はおつうが何者か知らない椿たちに大蛇に変化《へんげ》して殺された哀れな娘の話を語った。

「……して、貴方《あなた》は？」

重奈雄が、山伏に問いかけている。

「それがしは、十善坊《じゅうぜんぼう》。おさなき頃の名を、十丸《じゅうまる》と申し……おつうと同じ里の者にござる」

大蛇は襲ってこない。十善坊の方を、じっとうかがっていた。

十善坊の霊は言う。

「おつうは、それがしの三つ上で、それがしはあこがれをいだいておった。じゃが、若狭の領主に……」

おつうの死で、俄《にわ》かに仏道をこころざすようになった十善坊。彼は、赤山を拠点とする行者になった。老境に達した折、おつうの屍《しかばね》が埋められた所に生えたツバキが、怪異をなすという話を聞いた。花尻の森に急行するも、樹は近隣の者たちに伐り倒されていた。

十善坊はおつうが二度殺された気がした。

「わしは……その樹の骸を十分、供養した。恨みの心をすすぎ落とせるように、もてる呪法《じゅほう》の全てをそそぎ込んだのじゃ」

重奈雄の双眸から、冷光が放たれる。

「……そうか。それで、貴方は、おつうとかかわるものが全て消えてしまうことを惜しみ……その樹の枝を少々、当地にもちかえったのではありませんか？　そして、赤山禅院のツバキに接《つ》ぎ木した。違いますか？」

「そうじゃ。完全に……恨みの心を清めたと思っておった」

十善坊はみとめている。

重奈雄は、ゆっくり、首を横に振る。甘い考えでしたなという振り方だった。

「おつうは、室町家が世を治めていた頃の人と聞く。だとすれば——数百年の間、当院のツバキは妖異を起さなかった」

十善坊の首が、同意する。重奈雄がつづける。

「その間、おつうの怨念はいわば眠っていた。だが、その眠った怨念は数百年をかけかの大樹の隅々まで……行き渡り、何かの拍子で目覚めた。そして、此度《こたび》の事件が引き起された。接ぎ木された妖気が、本体をのっ取るのに、それだけの年月を要したのだ」

植物でできた大蛇が身を大きくふるわした。十善坊をみとめた驚きが薄まり、若狭の領主と家来たちへの憎しみが再燃し、その恨みの対象と重奈雄たちの区別がつかなくなっていた。

「恨みの……塊と化しているようだな」

重奈雄が一際厳しい面差しになる。

椿が、

「ほしたら……おつうはんを救う手段は、ないゆうこと?」

「今、それを考えている」

重奈雄は言った。

——人の気配が、近づいてくる。さっき、樹が大音声《だいおんじょう》で絶叫した折、寺男たちが起き、表に出てきたようだ。

「……一計を案じたぞ」

重奈雄が何事か、椿、かつらに囁く。

そして、重奈雄は、鉄棒蘭をぐるぐると回転させながら左方へ歩きはじめている。

椿、かつら、大雅は、元の場所に立ちつづけた。

憤怒を剝《む》き出しにした大蛇は果たして派手に動く鉄棒蘭に意識をからめ捕られた。

鎌首が、横に動く。重奈雄を追う形で動いた。

重奈雄が、鉄棒蘭を——一閃《いっせん》させる。大蛇は素早く身をかわしている。

「今だ！」

重奈雄が、吠えた。

椿とかつらが、精霊花で、植物質の大蛇にふれようとした——。重奈雄は十善坊を見てかたまった大蛇の動きから、憎しみ以外の情もこの妖木にはのこっていると思案した。左様な憎しみ以外の情が、精霊花で、活性化するのではないかというのが、重奈雄の見立てであった。

——ッ。

椿の精霊花が、大蛇が起す強風で吹っ飛ばされる。惶遽《こうきょ》するも精霊花は夜の叢《くさむら》に溶け込んでしまい、さがすのも一苦労だ。かつらは、精霊花を、固くにぎっている。

十善坊が声をかける。

「おつう！　たのむから、昔のおつうにもどってくれ！　もう、あの若狭の領主も、お前を斬った武士も、この世にいない！　あれから何百年も経《た》った世の中なのじゃ」

大蛇の動きが一瞬、鈍くなる。

――その時だ。

椿は妖気の中心で真空に似たものが広がる気がした。

（おつうはんの心……憎しみ以外の心？）

十善坊の声によって触発された、妖気の空白を、天眼通が見切ったのである。そちらを見やる椿。

朧な銀霊光が目に入る。それは大蛇を形づくる葉群と葉群の間からたしかにもれていた。

「かつらはん！　あそこ」

椿が、指す。

かつらが、

「承知っ」

かつらの身体で——筋肉が疾風を起す。娘の体を飛翔《ひしょう》させようと、全ての筋肉が躍動、右手に小太刀、左手に精霊花をもったかつらは、軽々と天狗《てんぐ》跳びしている——。

小太刀が霊光の手前にあった葉や花をかっさらう。あらわになった光に、かつらが、精霊花を接触させる。

すると、どうだろう。

大蛇の内側の光と精霊花の光が一つになり——足から下が夜気に溶け込んだ半透明の娘の姿をなした。淡い光を放つ娘は、古風な垂髪であった。

同時に、物凄《ものすご》い音を立てて、大蛇の体が濁流が如く崩れはじめる。

寸刻も置かず大量の葉や花が地面に散らばり暴れていた大蛇は掻き消えていた——。

「おつうさんだな？」

うずくまるように泣いている娘に、重奈雄がやさしく声をかける。

鳥肌が立つ程……美しい女であった。

数百年前を生きた女だが、今まさにここに生きているかのような質感が、頬や唇に付与されていた。

女が、泣く。涙が頬を垂れる。その同じ涙が、顎から下に垂れる。刹那——涙は消えてしまう。

存在しない涙だからだ。

椿は、若狭の領主が沿道に立つこの女に声をかけるのもうなずけると女の身ながら思った。

あまりの美しさが……彼女を滅ぼしたのだ。

領主にもとめられ、彼女を信じたその一つの決断が、彼女を狂わし、大蛇を生んでいる。

十善坊がおつうに歩みよる。

「もう、よそう。おつう。俺は……十丸じゃ。お前の隣の家の。同じ井戸をつかっていた十丸じゃ」

おつうの霊は、さめざめと泣きつづけた。

「あの井戸端で……よく一緒に遊んだな?」

精霊花が呼んだ十善坊の霊が、精霊花と、他ならぬ十善坊の声で正気に返った女の、隣に立った。立ったと言っても十善坊の足は闇に溶け込んでいた。

白月が辺りを照らしていて一面に散らばったツバキの葉や花が濡《ぬ》れたように光っている。

その植物が生んだ舞台の上に、うずくまるように泣くおつうと、心配そうにそれを見守る十善坊がいる。

　浮世離れした光景であった。

　重奈雄が、

「筒井つの　井筒にかけし　まろがたけ　過ぎにけらしな　妹《いも》見ざる間に（昔、井戸の井筒ではかった我が身の丈は、もうそれより高くなってしまいました。しばらく貴女《あなた》に会わぬ間に……）。

　返しが――

　くらべこし　振り分け髪も　肩過ぎぬ　君ならずして　誰かあぐべき（貴方とくらべ合ったわたしの振り分け髪は、肩より長くなりました。貴方以外の何人《なんぴと》が、結婚のため、わたしの髪を結いあげてよいものでしょう）。

二人の様子を見ていて思い出した古歌だ」

　おつうが、ぼんやりと光るかんばせを、上げた。長い間、復讐《ふくしゅう》の念に塗りつぶされていた魂が、か細き声を発する。

「十丸。わたしは……お前の思いに気づいていた……」

　比叡の山が冷たい秋風を吹き下ろす。風に嬲《なぶ》られ節々の痛みを感じた老木たちが、一斉に呻く。そのざわざわという音の下で、おつうは、

「若狭の領主に身をまかせたのは、この貧しい暮しから抜け出てやるという、わたしなりの打算、欲があったのじゃ。すてられた時、わたしはお前を裏切ってしまったという思いにも苦しめられ……二重の絶望に落ちた。それがために……蛇になったのやもしれぬ」

「……もう、よい。そなたは……罪を犯した。罪もなき男たちを殺めてしまった」

十善坊が、おつうの手をにぎった。

「俺も——罪を犯した。そなたの分身たるツバキの枝を当地に接ぎ木し……何百年も後の世を生きる人々が殺められるきっかけをつくってしまった。我らが行く場所は……地獄の暗い道かもしれん。それもよかろう。もう……離れまい。お前の手を放すまい」

おつうが十善坊に引かれるように立つ。何処《いずこ》かに立ち去ろうとした二人は、重奈雄たちの方を顧みて、会釈した。その瞬間、掻き消えた。

夜風がどっと吹く。

重奈雄が呟いている。

「妖木となったおつうがしたことは……許されることではない。だが、妖木となる心の動きは、わからぬでもない」

「………」

「赤山禅院のあやしのツバキ。四人で力を合わせ、解決した。この四人の誰がかけても解決できなかった」

「わしぃ、その資格、おへん。ろくにはたらいておりまへん」

大雅が力なく言う。今度は、椿が、大雅の背中をポンとたたき、元気づけた。

「そんなこと言わんと。大雅はんが、重奈雄はんに知らせねば、もっと死人出たん違うかな？　あやしのツバキの所在、知っとったのも大雅はんやし、土器屋さんに紹介してくれはったのも大雅はんや。大雅はんは、縁の下の力持ち。よろしおすな？」

と、

「あっ、ここにおったか！　花盗人《ぬすびと》」

「おまはんたちが、椿の花盗《と》ってたんやな」

「ああ……何ちゅうことを。綺麗《きれい》に咲いとった花が……」

寺男が二人、山伏が二人、現れた。寺男は熊手や刺股《さすまた》を構える。

重奈雄の薄い唇が開く。

「これは……困ったな」

あまり困っていなさそうな呟きだった。

重奈雄が——鉄棒蘭を動かす。重奈雄の念に動かされた二本の鉄棒蘭が大量のツバキの葉や花を巻き上げた——。

バサバサという音が花盗人をとらえるべくやってきた四人の者の顔面に引っ切りなしに叩きつけられる。

嵐となって襲いかかった一切の葉や花が、再び大地に落ちた時、目をこすった寺男たちの前から——不思議な侵入者は掻き消えていた。

以後、赤山禅院近くで——妖しい女が見かけられるという噂は、ふつりと止った。

深《み》泥《ぞろ》池《がいけ》

下鴨《しもがも》神社の森には柊《ひいらぎ》が多いという。柊ではない木を、ここにうえても、いつの間にか柊になってしまう怪異が度々見られたという。
滝沢馬琴《たきざわばきん》も――

下加茂《しもがも》柊明神には柊の木多し。……たとへ余の木を持てきて植うるといへども程なく化して柊となる。

と、しるしている。
成程《なるほど》、そういう噂《うわさ》が立つだけあって柊が多いなと思った庭田重奈雄だが、今日はここに、ムラサキシキブを看《み》にきた。
木《こ》の間《ま》がこぼした光に所々照らされた藪沢《そうたく》を専属の庭師に案内《あない》されて行く。

柊というよりは、背が高い落葉樹を中心とする、明るい森である。都にもっとも近い森で、重奈雄がよく散策する場所だ。

ムク、欅《けやき》、エノキの大樹が、おおらかな梢《こずえ》を秋風になびかせていて、光線の斑《まだら》模様にいろどられた林床に柊の低木、菅《すげ》やフタバアオイが展開する。

糺《ただす》の森、という。

「シゲさん」

かつらが立ち止った。

かつらは妖草経の習熟のため京にきた娘。今日の仕事は、妖草妖木とは関りなく、葉から白い粉を噴いたようになったムラサキシキブを診察するというものだ。かつらと下鴨まで出かけた話が椿につたわると、いろいろ厄介なことになりそうだなと感じた重奈雄は、かつらに長屋で妖草経の精読をしているようにつたえたが、彼女はついてきた。

——糺の森で、妖草妖木と遭遇する可能性は、皆無《ない》とは言えない。左様な実地で妖草妖木とまみえる機会を逃す訳にはいかないというのがかつらの言い分である。

宝暦八年九月一日（今の暦で十月初め）。かつらに押し切られる形で、この男勝りの娘をともない、下鴨に木の病を治しにきた重奈雄だった。

「何だ、かつらさん」

重奈雄がかつらに歩みよる。

かがみ込んだ彼女はある植物をじっと観察している。

丸く大きな葉は、先端が尖《とが》っていた。葉脈が罅《ひび》われたように走った葉は亀の甲羅を思わせる。そういう葉を二つつけた草が、群をなしていた。

「これが将軍家の紋所になった……」

「そう。フタバアオイだ」

葵《あおい》に似た葉を二つ付けるから、その名で呼ばれる。この地に多く茂っていたようで少し北西にある上賀茂神社の神紋になっている。

江戸からきた本草《ほんぞう》学者の娘は小さく首肯し、

「やはり……。実物を見るのは初めてだ」

少し先を歩いていた法被《はっぴ》を着た庭師が小首をかしげて立ち止っていた。

行こうというふうにうながす。腰を上げたかつらに、歩きながら、

「俺は妖草妖木のことならおしえられる。だが、妖草以外の草木となると……」

かつらは凛《りん》とした雰囲気の一重の目を細め、おちょぼ口をすぼめる。

「この世の草木についても、詳しいでしょ？」

「ある程度はな。だが本草学者にはおよばぬ。京は……本草学の本場。かつら殿が妖草経の精読のみならず本草学の習熟もこころざされるなら、本草学者の許《もと》に弟子入りすべきと思うが。つまり、妖草については堺町四条の長屋で学び、本草学については別の師につく」

ここ数日間、重奈雄の胸中にあった提言がくり出された。かつらはあまり気乗りしない雰囲気だった。

「んん……どうだろう。あたしは本当は、本草学でなく剣術に興味があった。兄が病弱ゆえ、阿部家の学統をたやさぬため、あたしが本草学を学ばねばならぬという側面もあった」

錆《さ》びた金属を呑んだような苦い表情を浮かべたかつらは、言い足す。

「シゲさんは都は本草学の本場という。これは本草学者の家に生れたからわかるのだが……日本の本草学自体が、清国の本草学にくらべておくれている。日本の本草学は清国の本草学を丸呑みしたものだ。だが、それはいかがなものか」

「日本と清国では、生えている草木が違う。同じものも当然生えているが」

「そう。だから向うの本草学書をそのまま訳して講釈を垂れているだけでは、まともな本草学者はそだたない。野山にわけ入って、どんな草木が生えているかつぶさにしらべ、書物にしなければ。こんなほとんど駆け出しの、あたしが奇妙に思うことを、大先生たちはほったらかしにしている」

　重奈雄は、

「かつらさんがやればいい」

　かつらは、首を横に振った。

「言ったでしょ？　あたしは、本草学にはそれほど熱を上げていないって。ただ――妖草は面白い。妖木も面白い。人の心を苗床にする妖しい草木」

　きりっとしたかつらの双眸《そうぼう》が、輝いている。

「時には命すら奪う妖しの草木。……これは一生をかけて、きわめるべきもののように、あたしには思える！」

　常世《とこよ》の植物どもとの戦いを心に描いたのだろうか。腰の小太刀に、無意識に手がのびていた……。熱心な生徒をもった、白皙《はくせき》の教師は、静かな声で諭す。

「常世の草木に斯程《かほど》までの執心を見せてくれて妖草師として真《まこと》に嬉しい。だがな、妖草妖木は……遊び半分の気持ちでむき合えるような相手ではない。さらにその苗床となった心、これも厄介物だ」

「わかっているよ。そんなことは」

立ち止った重奈雄は、じっとかつらを黙視していた。かつらがわざと大きく目を開き、それから深く溜息をついてうながしたため、言葉をつないだ。

「それに、妖草妖木と、常の草木を見分けるためにも、我ら妖草師は本草学もおろそかにしてはいけない。俺はそう思っている」

糺の森を先導していた庭師が立ち止る。

「庭田はん、この木どす」

葉に白い粉をかけたようなムラサキシキブを看た重奈雄が、対処法を庭師や社人につたえると、森の底ががやがやと人声で揺れた。

二十人くらいだろうか。

黄葉はしていないが葉群《はむら》のそこかしこにやや疲労感をおびた落葉樹の森を、年齢も様々な男たちがやってくる。富裕な町人を主体とし、僧や、医者と思《おぼ》しき者をふくんだ一行だ。

四角く硬い面持ちをした壮年の男が一行を引率している。巌《いわお》が如《ごと》きがっちりした体型で、黒い十徳《じっとく》の下に、緑の袴《はかま》をはいていた。薄緑の扇で糺の森に生育する草木を指し、低い声で何か説明していた。男は重奈雄より少し年上に思われた。

興味を引かれた重奈雄が、男たちに歩みよる。かつらもつづく。

顔が四角い男の声が重奈雄の耳に入った。

「柊南天、こちらは、柊モクセイ。柊が如く葉が鋸《のこぎり》状になっておる。たしかに糺の森には――柊もよく茂っておる。だが柊によく似た、柊ではない木も多々見られる。これを柊と誤解したがために、柊ではない木も柊になるというような俗説が生れたと思われる」

弟子と思しき男たちは一斉にうなずいていた。

(噂をすれば、本草学者か?)

重奈雄が小さく首をかしげる。

重奈雄とかつらが、聴衆にくわわると、四角い顔をした頑丈な体軀《たいく》の男はわずかに反応した。しかしすぐに話に没頭し、糺の森に茂った草木や当地の植生について一層力を込めて説明をつづけている。重奈雄、かつらをふくむ二十人は萱などが茂った小さな流れの傍《そば》まできた。

エノキや欅などの落葉樹が、秋の冷気に打たれ、水気をなくした梢を脱力したようにうなだらせて、佇《たたず》んでいた。大木が途切れた明るい場所があり、日当りのよいそこには虎杖《いたどり》らしき草が群落をなしていた。

四角い顔をした男の話に耳をかたむける重奈雄は、

(この本草学者、相当豊かな学識をもっておる)

と、リスが林床を走った。そのリスを追うように重奈雄の横にいた僧が、動く。僧は日当りがよい草地に足を踏み入れた。

墨衣と、虎杖の叢《くさむら》が、接触する。

刹那《せつな》——それは起った。

「ギャァァ……ッ」

凄《すさ》まじい悲鳴をこぼして僧が飛び上がり森の底に転がる。

重奈雄の切れ長の瞳が、冷光を放つ。

「いかがした?」

十徳を着た四角い顔の本草学者が、足を押さえて転がりまわる僧に駆けよる。

「この虎杖が……」

「虎杖?」

町人風の弟子が、赤みがかった茎の先に白花を咲かせた虎杖に手をのばそうとする。

「いけない!」

重奈雄が鋭い一声を発している。

だが、警告は間に合わない。町人風の弟子は虎杖にふれた。

衝撃の震動が走って、苦痛の呻《うめ》きが、林床を転がりまわる――。

「それは、ただの虎杖ではない！　妖草・閻魔《えんま》虎杖だっ。誰も、ふれてはいけない」

重奈雄が叫んだ。


虎杖――それは日当りのよい荒地を好む、大型の多年草である。竹に似た節がある茎と大ぶりな葉を有する。強い酸味をもつ虎杖は別名スカンポともいい、菓子がたやすくかえぬ時代、農村部に住む童らの大切なおやつであった。

妖草・閻魔虎杖は、この虎杖と全く変らぬ外見をもつ常世の草である。

閻魔虎杖は人がふれると液体を発する。その液体は太陽光に反応し――動物の皮膚に激しい炎症を引き起す。紫色の焼け跡が数年間のこる深刻な炎症だ。この液体が目に入れば、失明につながる。

中央アジアにはジャイアントホグウィードと呼ばれる恐ろしい草があり丁度、閻魔虎杖と同じ症状を引き起す。閻魔虎杖はこのジャイアントホグウィードの二倍から三倍の苦痛、時には死にいたる苦痛をまねく殺人兵器と言っていい草である。

駆けよった重奈雄は、

「さっきの庭師をつかまえ、菖蒲《しょうぶ》が生えている場所をおしえてもらうのだ。菖蒲湯がほしい。患部にかける。また湯に入れぬ、そのままの菖蒲の葉も二、三枚もってきてくれ」

「承ったっ」

指示を受けたかつらが駆け去る。重奈雄は、苦痛に呻く二人を閻魔虎杖からはなれた場所に横たえ、瞳孔《どうこう》をあらためた。

「目には入っていないようだ。もう少しで薬湯がくる。辛抱してくれ」

二人をはげますと近くに他に閻魔虎杖が生えていないか真剣にさがした。

(こんな時、椿がいてくれれば……)

天眼通をもつ椿は今日は門人たちに花をおしえる日であり、同道していない。

角ばった相好《そうごう》の本草学者が歩みよってくる。

「貴公、何者なのだ？」

「俺は妖草師・庭田重奈雄」

「妖草……左様なものがあると、吹聴《ふいちょう》する輩《やから》がいるのを知っている」

「…………」

「先程……菖蒲湯を患部に塗布すると言われた。しかし何ら薬効は期待できぬのではないか？　こういうかぶれには、桃の葉の湯や羊蹄根《ようていこん》が効くのではないか？」

「そういう貴方は？」

「失礼した。わしは小野蘭山《おのらんざん》と申す者。丸太町《まるたまち》で、衆芳軒《しゅうほうけん》という私塾を開いておる」

小野蘭山――京を代表する新進気鋭の本草学者である。朝廷の下役人の家に生まれた蘭山は、松岡恕庵《まつおかじょあん》に本草学を学んだ。動植物、鉱物を研究する内、蘭山はかつらが言っていた問題意識にぶち当たる。乃《すなわ》ち、植生の差異が見られる以上、中国の本草学書をそのまま訳すだけでは日本の本草学は確立できぬのではないかという問題意識だ。

かくして蘭山は森林、藪沢《そうたく》にわけ入って、いかなる草木が生えているのか徹底的な調査をはじめるにいたった。

――後に日本のリンネ、とまで呼ばれる若き碩学《せきがく》であり、その弟子からはたとえば『解体新書』の訳者、杉田玄白《すぎたげんぱく》などの俊英が輩出された。

重奈雄は当然、幾度か蘭山の噂を耳にしている。しかし、蘭山が妖草の存在について否定的であると聞きおよんでいたから、今まであえてこちらから近づくということはなかったのだった。

重奈雄は言った。

「それらはたしかに肌のかぶれに効くが、妖草・閻魔虎杖には効かぬ」

「その妖草というものが、わしには信じられぬ」

岩のように強い対抗心を、感じた。

「では今、目にされた光景を何と心得る」

「漆にかぶれるのに似ている。我らが知らぬ……虎杖の変種があったということじゃ」

蘭山に妖草を信じさせるのは、雪と氷しかない世界に住む民に、暑い砂漠や、草木で溢《あふ》れ返った密林を話して聞かせるのに似ている。

重奈雄はかく思った。

かつらが、もどってきた。左手に桶《おけ》に入った菖蒲湯、右手に菖蒲の葉を三枚にぎっていた。

「全く薬効はないと思うが……。呪文《じゅもん》など唱えたら、わしはお主の口上を金輪際信じぬぞ」

蘭山の言葉に、忠実な弟子たちが幾人か、硬い形相でうなずく。本草学者の言葉を薄い笑みで受け流した重奈雄は何人もが見守る中、ただれた患部に菖蒲湯を振りかけた。

するとどうだろう。

二人の男の怪我《けが》は全治はしなかったものの急速にその範囲をせばめたではないか——。

「おお——」

「これは……」

蘭山の弟子たちが、一斉に呻く。

「先生、これは一体いかなることでしょう?」

弟子たちの視線が蘭山に集中する。質問に答えず、蘭山は真っ直ぐ重奈雄を睨《にら》んだまま、首を横にひねる。

「その、葉の方は、どうつかうつもりじゃ?」

「すぐにわかる」

答えた重奈雄は人を殺《あや》め得る叢に、菖蒲を剣のように構えて接近する。

——振った。

菖蒲が閻魔虎杖の根元近くを力いっぱい叩いている。

今まで整然と佇んでいた妖草どもが、急速に力をうしない、湯気を立てながらバタバタと倒れた。

「おお……」

蘭山の弟子たちが溜息を吐《つ》く音がした。

「閻魔は地獄の王。その地獄の兵卒が、鬼。菖蒲は鬼を払うと古来、信じられてきた。閻魔虎杖などいくつかの妖草をおさえる働きが——そのような話を生んだのやもしれぬな」

重奈雄が、言った。

かつらが疑問をぶつけた。

「妖草は、人の心を苗床とする。閻魔虎杖は——」

「誰かを傷つけたいという衝動。そのような心をいだいた人間が、ここを通った、あるいはここで何かをした。故に閻魔虎杖が芽吹いた」

重奈雄がきっぱりと答えた。蘭山は、太い腕をくんでいる。彼がもつ沢山の知識を結集させ、鋭い反論を練り上げようとしているが、まだそれが言葉にならぬようだ。

考え込んでいたかつらが走り出す。

「わかったぞ」

重奈雄や、蘭山たちもつづく。

（かつら殿は武道をならっていたせいか、勘が鋭い処がある）

かつらが立ち止ったのは——古い楠《くすのき》の樹下であった。極太の幹の上方で一本一本の枝が龍蛇が如くもだえていた。

かつらが裏にまわる。

「やはり、あったぞ！」

太い樹の向う側でかつらの声がした。

裏にまわった重奈雄は切れ長の双眸を細めた。

藁《わら》人形が一つ、真新しい五寸釘《くぎ》で、鋳われた樹皮に、打ちつけられていた。森のすがすがしさを蝕《むしば》むような殺意の凝集が込められている気がした。

「この藁人形を打ちつけた者の、誰かを傷つけたいという思いが……閻魔虎杖を呼んだ。まさかわしにそう言いたいのか？　庭田重奈雄」

「その通りだ。他にどう説明する？」

重奈雄は微笑を浮かべながら、蘭山に切り返している。

社人を呼び藁人形を丁寧に供養させた。二度と左様なことが起きぬよう、見張りを徹底すると社人は約束した。

菖蒲湯で治療された二人の弟子が、動けるようになる。重奈雄は二人に幾日か菖蒲湯で体をぬぐえば患部は癒《い》えるであろうとつたえた。

　蘭山は二人に今日は安静にしているように告げ他の弟子たちと洛中にかえらせた。

蘭山本人は、もう少し重奈雄たちと一緒にいたいようである。

　糺の森で三人になると蘭山は、閻魔虎杖や妖草について、疑問に思うことを重奈雄にぶつけている。

　学者の質問だけに、時として火矢の如く、熱く、鋭かったが、重奈雄は蘭山の全質問に、水のように冷静に滞りなく答えた。

　二十以上質問した蘭山は倒木にしゃがみ頭をかかえこんだ。

　かつらが隣に立ち、

「蘭山。本草学者の娘であるあたしが言うのだから間違いない。とにかく、妖草妖木は実在するのだ」

「ふんぬ、江戸の本草学など――」

「な、貴様……江戸本草学を愚弄《ぐろう》するのかっ」

　重奈雄がくすりと、笑う。

　普段、本草学に関心がないなどと口にしているかつらがむきになったのが、おかしかった。

笑みを消した重奈雄が蘭山にすすめる。

「一度、俺の長屋に遊びにきてはどうだ？　風を起す草、蓬扇《ほうせん》というものがある。この蓬扇を見れば、大抵の者は妖草を信じる」

「どうかな？　その蓬扇とやらにお前は何らかのからくりをほどこすかもしれぬ。さっきの藁人形もそうじゃ。

かつら殿が藁人形をもっていたとして——その人形を打ちつける暇は十分にあった」

「な……」

「新種の虎杖で我が弟子たちの心を掻《か》き乱し、即座に藁人形を打ちつけて、さもそれが原因のように振る舞う」

蘭山の疑い深さに、かつらもあきれたような面持ちになっていた。

と、

「庭田はん」

参道を歩いていた男が近づいてきた。

「おお、待賈堂《たいかどう》さん」

池大雅は褐色の地に黄色や橙色《だいだいいろ》の銀杏《いちょう》模様が散らされた小袖を着ていた。

蘭山と大雅を引き合わせ、少し落ち着いた処で、

「また何か起きましたかな。そんな顔をしている」

「ご明察。……わし深泥池《みぞろがいけ》村の生れで池ゆう名乗りも深泥池にちなんどります」

「……深泥池村の出なのは知っておったが、池の由来が深泥池とは初耳でした」

「……町と喧嘩《けんか》して今、たまたま里にもどっておりましてな」

喧嘩する程仲がいいという言葉は大雅夫妻のためにあるのかもしれぬ。

「実は、深泥池でえらいことが起きとるのや」

「ほう」

「庭田はん、呼んだら、ええん違《ちゃ》うかと、昨日、池の近くの百姓たちに話した処なんや」

大雅によると——深泥池傍の百姓たちは酸茎菜《すぐきな》、冬瓜《とうがん》、さらに柿などをそだてて洛中に売っている。酸茎菜は蕪《かぶ》の一種で賀茂川と高野川にはさまれた地域でそだてられる。

冬に採り、乳酸発酵させた漬物こそ、京都三大漬物の一つ、すぐきである。この酢茎菜の種蒔《たねま》きをするために深泥池の水を引く。

また夏に池で採れるジュンサイも、当地の百姓衆にとって大切な収入源であった。

その池に——異変が起きているという。

何でも、ジュンサイやみつがしわなど池に茂った植物が恐ろしい勢いで枯れているのだという。

妖しき花の蕾《つぼみ》のように、只事《ただごと》ではないという予感が、重奈雄の胸中に芽生える。

蘭山の顔色も変っていた。

「本草学者としても……その一件、聞き捨てならぬな。あそこは貴重な草花の宝庫と言ってよい」

確固たる語調であった。蘭山の四角い相好からは、もの言わぬ命の危機を本気で案じる熱さがにじんでいた。

茶会でこちらにきていた大雅だが、予定を変更し重奈雄たちを深泥池に案内する。

重奈雄、蘭山、かつら、大雅は、深泥池に急行している。

三方を山にかこまれた池が眼前に広がっている。大雅の名字の由来となった池だ。

いよいよ深まる秋は、山腹の一部を紅や黄に染めていた。しかしまだ、青い木々が目立つ。重奈雄らの近くにある葦《あし》の群生は茎葉の上部が青く、根の方から枯れはじめていた。下部の葉は、握り飯をつつむ笹《ささ》の葉のように、褐色に黒っぽい斑点《はんてん》をしぶかせて枯れていた。

（通常の冬枯れだな）

重奈雄は鋭く観察する。

鳥の囀《さえず》りが絶え間なく聞こえ、傍らで梅モドキが赤い実を実らせている。

重奈雄のすぐ前方には柏《かしわ》の葉を立てたような草が青々しく茂っていた。

寒冷地に見られる、みつがしわだ。重奈雄たちは知る由もないが氷河期からこの草は深泥池で生きつづけているのだ。

まだ青々しいみつがしわの敷物の隣で桜と見まがう美しい花が咲いていた。

桜蓼《さくらたで》である。

蘭山が、

「お、沢桔梗《さわぎきょう》がこんなに……」

重奈雄の左方、葦を少し掻き分けた先に、はっと息を呑むほど鮮やかな紫の花が咲き乱れていた。

沢桔梗――子供の背丈ほどの凜とした佇まいの花である。

「庭田はん、蘭山はん、あの辺りや」

大雅が指差す。

重奈雄たちが、視線を走らせる。

深泥池には浮島がある。この浮島は、死んだ水苔《みずごけ》からできたと考えられ、夏は浮かび、冬は冠水する。浮島にはみつがしわや水苔といった湿性の植物の他、松やモミジなども茂っている。

大雅が指摘するように浮島のみつがしわは大部分が枯れていた。葦やススキなど他の草や小高い場所に茂った低木も、同様である。また浮島と今いる池畔の間にある水面でも大量の枯死したジュンサイが見られた。——明らかに異常な枯れ方であった。

重奈雄は、厳しい目で水面を睨んでいる。

「かつら殿、あのジュンサイが枯れている場所、さらに浮島の近く、水が白く濁っているように見えぬか？」

「たしかに」

「初めて見る種類の濁りじゃな……」

乳を溶かしたような濁りを眺めながら、蘭山も同意する。

「ジュンサイを採る舟などかかりれぬだろうか？」

重奈雄が大雅に言った。

池の近くには、農家が数軒あった。大雅の生家はジュンサイ採りをしていないため、彼はもっとも池に近い荒《あばら》障子の民屋をたずねた。そこにたった一人で住む老人は、箱舟を一つ、かしてくれた。老人の顔は青ざめていて声に全く元気はなかった。

小さい箱舟であるため、大雅と老人は水辺にのこす。

蘭山が棹《さお》をさし、重奈雄とかつらはしゃがむ形で、箱舟に乗った三人は浮島を目指す。沼地の植生をしらべるべく何度も箱舟にのった経験がある蘭山の棹捌《さば》きはたしかなものである。

「この深泥池には、みつがしわや沢桔梗の他にも、水蜘蛛《みずぐも》という水中に巣をつくる蜘蛛、それに多くの蜻蛉《とんぼ》が見られるのじゃ。草が絶えてしまったら、そうしたものたちも見られなくなるな……」

蘭山の棹に、力がこもった。

浮島が、大きくなってきた。

「止めてくれ」

指示した重奈雄は水面をのぞき込んでいる。

枯れたジュンサイの葉の周りに、白い濁りが見られた。手を、入れてみた。秋の水の冷たさが掌《てのひら》をやわらかくつつんだ。

「やはりな」

白濁した水をすくい上げた重奈雄が、呟《つぶや》く。

「めずらしい妖藻《ようそう》だ」

蘭山が、

「何か……わかったのか？」

重奈雄に訊《き》くことは本草学者の誇りが許さないが、どうしても質問を抑えられなかったという言い方だった。

掌にすくった白水《みず》を、蘭山とかつらに見せながら、

「――白髪藻《しらがも》という」

「たしか妖草経第三巻に出てきた」

かつらが口を開く。

「そうだ。では、白髪藻がいかなる妖藻なのか、蘭山先生に説明してくれぬか」

「ちっ、わざとらしく先生などと」

顔をしかめた蘭山にかつらが白髪藻がいかなる妖草なのか語って聞かせた。

妖草経第三巻「目睹《もくと》できぬほど小さき妖草」の項目に登場する白髪藻は——植物性プランクトンと言っていい、小さな体をもつ。白い白髪藻が大量発生して、水が白濁するのだ。

白髪藻が恐ろしいのはそれが発生した水域にある人の世の草木を全て死に追いやってしまう処だ。


「ただ、常世の植物《もの》についてはその限りではない」

かつらの言に首を縦に振った重奈雄は、浮島を指している。

「見ろ。沢桔梗の群落が枯れた横で、虎杖が青々しく茂っていよう。——あれは間違いなく閻魔虎杖だ。

妖草には他の妖草を呼ぶ習性がある。白髪藻によって、人の世の草木が枯れ……枯れたその場所に、閻魔虎杖が群生するというあらたな問題が起ったのだ」

「ううむ、惑わされんぞ。お前の妖言には」

蘭山の渋い表情は晴れぬ。

「もう少し浮島に近づいてくれ」

重奈雄が指示し、棹が動く。

白く濁った妖水にジュンサイの丸い枯葉が浮かんだ水域を箱舟は前進する。

浮島の上、無惨に枯れた沢桔梗の大群落や、枯死した松やノリウツギが大きくなってきた。

「どうも、浮島に近づくにつれ濁りがひどくなるな。この濁りの源は浮島の下にあるようだな……」

重奈雄は、分析した。

浮島の下には水がある。その水に、原因があって、白髪藻が大量に発生していると思われた。

ここにくるまではわからず屋の蘭山に妖草を理解させることを楽しんでいた重奈雄であったが、今は想像以上に厄介な案件かもしれぬという憂慮が面差しを引きしめている。

三人は浮島に上陸した。

死の息吹が吹きつけられ、繁茂していた草木は悉《ことごと》く枯れつつあった。

水際には枯れたみつがしわ、枯れた沢桔梗が見られ、小高くなった場所では木々が枯れていた。そんな枯葉色が席巻する世界でただ閻魔虎杖だけが青々と茂っていた。

「何ということじゃ……」

一瞬言葉をうしなった蘭山が腕まくりする。

「お前が、言ったのではない原因を――わしはさがしてみせる！」

枯れた沢桔梗の群落にわけ入った蘭山。

「あ、痛っ」

すぐに、弱い声がした。

かつらが、

「どうした蘭山」

重奈雄とかつらがむかうと、蘭山は……閻魔虎杖の前で、手を押さえてうずくまっていた。

「無茶をするな。いかなる妖草が、茂っているかわからぬ。慎重に歩くのだ。どれくらいやられた？」

「……大事ない。掠《かす》り傷じゃ」

蘭山の掌の側面が紫色にただれている。

「帰り道、下鴨社によって……」

「菖蒲湯はつかわぬぞ重奈雄」

蘭山が、強情に笑む。

「――ふ。勝手にしろ」

重奈雄は微笑した。

浮島上を捜索するも、怪しいものはなかった。

（白髪藻は――他人を強く羨《うらや》む心を苗床とする妖藻。この人気《ひとけ》がない浮島で誰が左様な気持ちをいだく？）

重奈雄は思念する。

枯葉色の小袖を着た妖草師は浮島の北側に佇む。

浮島の北側には、紫がかった花穂をつけた背高葦《せいたかよし》が茫々《ぼうぼう》に茂っていた。こちらに近い背高葦は白髪藻によって枯死している。少しはなれた背高葦は、白髪藻の害がおよんでいないようで、青い葉をつけている。

その青い広がりの向うに里山が見えた。

「みんな、枯木を棒にし、それで枯れた叢の中まであらためてみよう。さすれば手を怪我せぬ。何かあるはずなのだ」

重奈雄が指示する。

しばらくすると、かつらが、

「シゲさん、ちょっときてくれ。こんなものが落ちていた」

それは平たい簪《かんざし》であった。

手に取った重奈雄。桜桃が如き唇が、開く。

「見事なものだな」

べっ甲の簪で、螺鈿《らでん》（貝殻細工）で紅葉、金蒔絵《きんまきえ》で流水、銀蒔絵で瑞雲《くも》が表現されていた。

やってきた蘭山が言う。

「のう、こっちにきてくれ。面白いものがあった」

蘭山が見つけたのは陶器の地蔵であった。背が高い枯草の中にあり、見つけづらかった。

半尺（一尺は約三十センチ）程の高さで、柿とあけびがそなえてある。地蔵は枯れた松の根元に据えられていた。

他に、怪しいものは見られなかった。既に、日は西にかたむきつつある。

三人は箱舟で大雅たちの所にもどっている。

「何ぞわかりましたか」

大雅に訊《たず》ねられた重奈雄は、

「うむ。やはり――妖藻です。白髪藻という」

白髪藻について説明すると、箱舟をかしてくれた痩《や》せた翁《おきな》の表情が明らかに変った。何か知っているように思われた。

「あと、こんなものが」

かつらが簪を見せると頬がこけた老人は瞠目《どうもく》した。

「よう、見せておくない」

老人が受け取った簪を真剣にのぞき込む。

やがて声をふるわし、

「間違いない。……みつの簪や」

老人は急にその簪を大切そうに抱え込むと力が抜けたように膝《ひざ》をついた――。

「みつとは？」

「妻や」

老人の話によると――かつてみつという妻がいた。明るい働き者で、酒好きで、おっちょこちょいという欠点はあったが、仲睦《なかむつ》まじく暮していた。息子が一人いたが、三歳で亡くなった。以後、子宝にはめぐまれなかった。

みつと子供の頃からなれしたしんだ池の姿が——老人の心の支えであった。

「その簪は祭りの日、明神様の鳥居の前で、かってやったもんや。一番のお気に入りやった」

皺《しわ》深き目尻から光る滴がこぼれ、老人の窪《くぼ》みが目立つ、明らかに栄養が不足した頬をつたう。重奈雄は深き憐憫《れんびん》をたたえた双眸で、老人を正視していた。

「まこと見事な簪です」

「そやろ。わしの何ヶ月分かの働きで……買《こ》うた簪や。今までつれそってくれて、おおきに言うて、女房にわたしたもんや」

「……あの地蔵は？」

重奈雄は、静かに言った。

「去年の夏……みつは、浮島で、蝮《まむし》に嚙《か》まれて……」

老人は面《おもて》を歪《ゆが》め悔しそうに拳《こぶし》をにぎる。

「助からなかった。その場所に置いた地蔵や」

「ご老人。落ち着いて話して下さい」

声をふるわす老人に、かつらはやさしく言った。

「この簪は蛇に嚙まれた日、浮島で落としたんやろ。も、もしかしたら簪をさがしとる内に蛇に嚙まれたのかもしれん。大切な簪はどれだけさがしても出てきーひんかった」

「……ご老人、大変、訊きにくいことを訊く。この村の衆の暮し向きをささえるうえで、大切なジュンサイ。さらに、酢茎菜の種蒔き、そして恐らく田に水を張るのにもつかっているであろう池水の安定。そうした一切を守るためにたしかめておかねばならない」

「へい」

「妖草、それは人の心から芽を出し、様々な怪異《あやかし》をなす草。白髪藻は他人を羨む心を苗床とする。――心当りは？」

長い沈黙の後、老人は口を開いた。

「……羨ましい……羨ましいわ」

老人は妻が毒蛇に嚙まれて命を落とした浮島を虚《うつ》ろな目で眺めている。

「『村の他の衆は、子にも孫にもめぐまれとる。わしらは二人ぼっちや……。しゃあけど、田畑もあり、家もある。恵みの池もある。十分幸せや、死ぬ時は一緒』、こう励まし合って生きてきた。それをみつは……わしを置いて一人で逝きおった」

「………」

「一人ぼっちになった。何でわしだけが辛《つら》い思いをせねばあかんっ。べい独楽《ごま》を楽しそうにまわしとる村の童らを見る時、家族みんなで西瓜《すいか》割りをしとる村の衆を見た時、そないな気持ちになることが多かった。

羨ましい思うたことは――一度や二度ではありまへん！」

喉仏がくっきりと浮き出た細い首を、幾筋もの涙が流れていた。

「ああ……何ちゅうことや」

皺だらけの手が、頭をかかえ込む。

「大丈夫や。この人はな、妖草師。きっと白髪藻ぉ退治してくれる」

大雅がはげます。

「これで……涙を拭《ふ》くんだ」

温かく微笑したかつらが手拭《てぬぐ》いを差し出した。重奈雄も大丈夫だというふうに、老人の肩に手を置く。

「おみつさんはしっかりと見守っているということをつたえたくて、ずっと見つからなかった簪をとどけてくれたのかもしれない。待賈堂さん、すぐきをつけるご老人の絵を描いてみたらどうだ」

「おう、描きます。描きますとも！」

「その絵に、お気に入りの簪をつけたおみつさんを描きそえればなおいい」

重奈雄が思いつき、かつらが、

「そうだ。それがいい。あたしは江戸育ちだから、すぐきという漬物を食べたことがない。ご老人がつけたらもらいにきます」

力をもらったかのように顔をくしゃくしゃにした老人がうなずく。

そんな重奈雄たちを、少しはなれた所に立つ蘭山は、腕を組み、目を細めて、じっと眺めていた。

重奈雄は村人をあつめると白髪藻は「悲しみの心を苗床とする妖草」と説明。長寿をあたえる力があると信じられた裏白《うらじろ》と、やはり縁起物であるユズリハの葉を燃やした灰をまけば、解決するとおしえている。村人たちは老人をあたたかい言葉でなぐさめ、誰も怒りを叩きつける者はいなかった。

その日、重奈雄たちは大雅の生家に泊った。

翌日は山に入り裏白とユズリハをあつめる作業からはじまった。件《くだん》の灰をつくった重奈雄は、村人たちと箱舟にのって白い濁りめがけて散布した。

その際、老人がまだ生きているジュンサイを発見したため、

「そのジュンサイを大切に守りそだてて行けば、当地のジュンサイは二、三年で復活

する」

という本草学者・小野蘭山のお墨付きがあたえられている。

浮島にはかつらの指導で穴を一つ掘り、そこから灰を投下して、下にある水を浄化した。閻魔虎杖の刈り方も、丁寧につたえた。

「重奈雄、お主、白髪藻が苗床とする心について、村の衆に話す時、わざと違うふうにおしえたな？」

洛中への帰路、蘭山が重奈雄に話しかける。

「はて。そうであったか」

薄く笑みながらとぼける重奈雄だった。

「あれ蘭山、妖草を信じるようになったの？」

かつらが、言葉で突き刺すと、蘭山は四角い顔をしかめて、宙をあおいだ。

大きく笑う重奈雄のすぐ前を通りすぎた赤トンボが、道端に咲いた野菊に頬を撫《な》でられていた地蔵の頭にすべるように止った。

遠眼鏡《とおめがね》の娘

奈良茶飯を食していると、

「大根小便しよぉ、大根小便しよぉ」

元気がよい百姓の声が聞こえた。

煎《い》り大豆をまぜた飯をほうじ茶で炊いた茶飯。それが入った碗《わん》を、傍らに置いた重奈雄は、いそいで表に出る。

「おい、まってくれ！」

小便桶《おけ》をひっつかんだ重奈雄は百姓を追う。

堺町通を南に行こうとしていた百姓が、立ち止った。狸《たぬき》に似た、愛嬌《あいきょう》がある顔をした男で、頑丈な肩に小便たごをかついでいた。天秤棒《てんびんぼう》に吊るされた二つの桶の一つに小便、いま一つに葉付きの大根が入っていた。

「今日は随分、出たぞ。二本もらえぬかな？」

重奈雄は少し、胸を張る。

荷を下ろした百姓は重奈雄の小便を一滴もこぼさぬよう細心の注意を払いながら、自分の桶にうつしかえる。

「いや、この量では二本あげられまへん。一本や」

「一本……この前より明らかに出た気がするんだがな」

百姓は頑《かたく》なに頭《かぶり》を振るばかりである。

京の町では——二条通を境に、上は洛北の村々が、下は洛南の村々が糞尿《ふんにょう》を受け取る決りになっている。厠《かわや》に蓄積された糞尿は、ある程度たまってくると、北には牛馬が、南には高瀬舟《たかせぶね》がこれをはこび、肥やしにつかわれ、そこからそだった野菜が再び都にもどってくる。

またこうした大量の糞尿の輸送とは別に、日々都人が排出する尿を野菜と交換すべく、小便たごをかついだ百姓がしきりに都大路に現れる。

この小便取と町人が交換する野菜の量をめぐって喧嘩《けんか》になることも……めずらしくない。

たとえば正徳《しょうとく》元年（一七一一）には、小便取と中間《ちゅうげん》が喧嘩になり、刃傷沙汰《にんじょうざた》にまでおよぶという悲劇が起っている。

結局、重奈雄の嘆願は打ち砕かれた。

臭いを発する濁浪《だくろう》を起しながら百姓が小便たごをかつぐ。

「大根小便しよぉ、大根小便しよぉ」

小便の臭いと、大根と交換しようという声が、遠ざかっていった。大根を一本もった重奈雄が、

「ううむ……残念だ」

「何が残念なん、重奈雄はん」

後ろで、声がした。はっと驚いた重奈雄が振り返る。与作をつれた椿が立っていた。

長屋の方にもどりながら、

「いやな、あの百姓のつくる蔬菜《そさい》はどれも旨《うま》い。おまけに……初物の大根だ。二本もらえれば、一本は煮物に、もう一本は漬物にと、いろいろ考えておったのだ。それよりどうしたのだ、椿」

椿は返答に窮している。

かつらが——視界に入ったからだと重奈雄は察する。長屋から出てきて、猫が如《ごと》く

伸びをしたかつらが会釈する。

椿の顔が見る見る凍《い》てついてゆくのがわかる。

「やあ、椿」

（ああ、もう腹っ立つわぁ……）

と思いながらも、椿は精一杯微笑をつくる。

「かつらはん。御機嫌よう。えらい、ええ天気どすなあ」

「秋だしね。天気がいい日がつづくのは、当り前だろう」

気のせいかもしれぬが、棘《とげ》のようなものが隠された言い方に思える。

「シゲさん。昼は奈良茶飯だったろう？　ほうじ茶のいい匂いが我が家にもとどいたよ」

（我が家……って何や？　あんたがここの住人たること、うちはみとめてない。ええ加減にしてんか）

重奈雄はかつらと必要以上に親密になることを警戒し、食事は別にとっているようである。

だが勿論《もちろん》、そんなことでは椿は安心できない。

秋もいよいよ深まった涼しい一日《いちじつ》であったが、堺町四条の長屋前には熱気《ねつ》をともなう緊張が張りつめはじめていた。

椿は自分の熱気をしずめようと、胸いっぱいに涼しい大気を吸う。それを吐き出して、

「かつらはんは、お昼は何食べはったんどす？」

「さして興味がないのに今、訊《き》いたろ？」

かつらは鼻に皺《しわ》よせて、笑った。

（ああもう、うち、この人のこないな処が嫌やわ……）

困ったようにぎこちなく微笑した椿は、やんわり切り返した。

「あの……そんなこと言わんと、何食べたかおしえてくれはっても、ええん違《ちゃ》います？　うち、かつらはんが何食べたか、興味ありまっさかい」

「味噌《みそ》お握り三つ。沢庵《たくあん》二切れ」

「いかにもかつらさんらしい昼飯であったことだ」

重奈雄が、笑った。

「あたしらしい昼飯ってどんなだろう？」

かつらが会話をつづけそうになったため、椿は少し強い声でその流れを断ち切って

いる。

「うちが今日ここにきたのは、妖草がこの都の真ん中で出たかもしれんことを、つたえるためどす。上がってもええどすか？」

「――勿論だ」

重奈雄が面差《おもざ》しを引きしめる。


与作は外に立ち重奈雄と椿、そしてかつらが薄暗い四畳半でむき合う。

滝坊の生花《しょうか》では中心に「真《しん》」という花を生ける。その真のような崩れないものを、椿は自分の胸中に生けようとした。そうでなければ大切なものを嫌いな子にとられた童女が如き反応を自分が見せてしまいそうであった。

椿は、かつらが重奈雄の隣に暮していることが、嫌で嫌でたまらない。妖草経を書写するなら重熙《しげひろ》邸でやればいいではないか。何も、蕭白《しょうはく》がもといた所に、かつらが居座る必要はあるまい。

妖木館から解放された夜――椿はこの人とむすばれる、遂にまちにまった時がきたと思っていた。

ところが江戸からきた女、かつらの予期せぬ介入によって、重奈雄との関係性が後退してしまったような感覚を椿はもっているのである。それが不安である。

だが、あまり激しい攻撃や、いけずな真似は出来ないと、椿は考えていた。

——かつらが背負うもの。

それは、幕府の威光である。

父、舜海は幕府から仕事をもらっていた。

椿は、

「うちは摂津《せっつ》に従妹《いとこ》がおります。その従妹が、遊びにきたのや。めずらしい玩具《おもちゃ》が見たいゆうことで、高倉御池《たかくらおいけ》にある玩具屋、中島屋《なかじまや》に行ったんどす。三日前のこっとす」

問題は帰り道に起きている。

「問屋町に差しかかった時どす。妖気を、ぞぞっと感じました」

「どの問屋の前だろう?」

重奈雄がたしかめると、

「能登屋《のとや》はんの前どす」

京の町には三種類の問屋がある。

一つ目が、特定の商品を取り扱う問屋。薬種問屋がそれである。

二つ目が、売物問屋。特定の国からその地の産物を取りよせる問屋である。薩摩屋《さつまや》なら、樟脳《しょうのう》や甘藷《かんしょ》などを薩摩から取りよせるのが仕事になる。近江屋《おうみや》ならば、江州《ごうしゅう》米《まい》、琵琶湖《びわこ》の鯉《こい》や鮒《ふな》、近江の麻などを取りあつかう。

この売物問屋は東《ひがしの》洞院《とういん》御池《おいけ》を中心に問屋町を形成していた。

三つ目が、買物問屋。特定の国に、京の名産――西陣織《にしじんおり》や、茶器や香具、扇や灯籠《とうろう》、坊門《ぼうもん》カルタや、三条小鍛冶《さんじょうこかじ》の刀等を売る問屋である。たとえば薩摩国を相手とする買物問屋は右の商品を薩州へ輸送するのが仕事である。

買物問屋は、三条通と御幸町《ごこまち》通、あるいは麩屋町《ふやちょう》通に軒をつらねていた。

椿が妖気を感じた能登屋は売物問屋だ。輪島素麵《わじまそうめん》や輪島塗、能登釜、さらに能登国の塩などを都におろしている店と考えられた。

「その日は気のせいかもしれん、こない思いました。しゃあけど、どないしても気になって今日もう一度行ってみました」

やはり微弱な妖気を能登屋前で感じたという。

重奈雄はいかにも思慮深そうな切れ長の双眸《そうぼう》を細め、白い面《おもて》をかすかにかしがせている。

かつらは一切の遠慮もなく大きな音を立てて鼻水をすすると、不敵な微笑を浮かべた。

「これが妖草だったら一手柄じゃないか、椿。シゲさん、今日行ってみるの？」

「シゲさんて……。ああ、もう何でもありまへん。ただちびっと、目ぇまかしそうになりましたわ」

かつらが訝《いぶか》しむ。

「目、まかす？」

「わかりにくくて堪忍どすえ。目をまわしそうになった、江戸言葉ではこない言わはるんやろか？」

むくむくといらいらした気持ちが湧き起ってきたが対するかつらは心地よさそうであった。

（――あ、もう腹っ立つわぁ、この女。腹立つ通り越したわ、今、うちの中で。もうな、妖草で島つくってな、その島にな、流してしまいたいわ、この女）

強く爪を食い込ませた両掌が、真っ赤になっていて、血管が青く浮き上がっていた。

「――妖草は人の心を苗床にする。どんな心から芽生えたんだろね、今度の妖草」

かつらに批判されたような気がした椿が、

「うっ……」

呻《うめ》くと同時に、重奈雄が言う。

「能登屋半十郎《はんじゅうろう》、かなりの遣《や》り手と聞く」

深く息を吸い自分を落ち着けた椿と、かつらが、真剣な面持ちで重奈雄にむく。

「能登屋は大名貸など一切しない手堅い経営で、巨万の富をたくわえた。越中《えっちゅう》売物問屋の越中屋が、大名貸した金子《きんす》が焦げついて潰《つぶ》れると、他の商人たちをおさえて越中屋を買い取り、身代を倍にした」


江戸時代前期、多くの豪商が、放蕩《ほうとう》か、大名貸の焦げ付きによって、潰れていった。たとえば幕初の京を代表する豪商、灰屋紹益《はいやじょうえき》は藍染《あいぞめ》の触媒にもちいる灰を商った大長者で、あの有名な吉野太夫《よしのたゆう》を身請けした男であるけれど、金は天下のまわりものと豪語し……金をためるという発想をほとんどもっていなかったことで、知られている。

紹益の派手な遊びぶりが影響したか、その子孫の店は、すっかり影をひそめている。室町《むろまち》通に住んでいた玉屋忠兵衛《たまやちゅうべえ》は上京《かみぎょう》で一、二と言われる大名貸の豪商だった。

ところが忠兵衛自身の女狂いと、十七万両（一両を十万円とした場合、百七十億円）とも言われる大名貸――対大名融資が焦げ付き、たった一代で店を潰し、家屋敷諸道具全てを取られて、路頭に迷ったとつたわる。

このように大名貸は商人にとって大変リスクがあった。

何故なら、商人から見た大名貸は、相手が圧倒的に身分が高く、おまけに武装した兵士を何百何千とかかえている存在なので、ことわりづらく、回収しにくい融資なのである。

幕初に名を馳《は》せた多くの有力商人が、元禄《げんろく》という華やかな時代が弾《はじ》けた前後に、姿を消していった。古くからの有力商人が潰れる中、これに取ってかわった新興商人たちは、全く別の哲学をもった者たちだった。たとえば現金掛け値無しで知られる三井《みつい》家は、質素倹約を家法とし、大名貸は基本的にお断りで、例外的に融資する大名家にも、たとえば「上限額」をもうけるなど細心の注意を払った。また三井家は大名以上に権威が高く絶対に借金を踏み倒さないと思われる存在には、積極的に融資した。

――幕府そのものと、京の朝廷である。

重奈雄はつづけている。

「半十郎は相当に用心深い男で、石橋を叩いてわたると評判だが、決断を下さねばならぬ時は……驚くほど速く動く。そういう人物だと聞いている。その男の商うものか、あるいは屋敷の庭の中に、妖草が在る……。

——興味深い。早速出向いてみよう」

妖草師は、腰を上げた。血液が苛立《いらだ》たしい奔騰を起している椿と余裕を崩さないかい、つらも追うように、立った。

堺町通を北に行き、御池通で左にまがる。

問屋町には諸国からの産物が荷車や馬にのって砂煙を上げながらあつまっていた。俵や木箱、さらに樽《たる》が次々に搬入される。逆に、ここからつみ出され洛中や畿内《きない》各所の商家にはこばれてゆく物品も多い。

「あったたな」

重奈雄が言った。

洲浜《すはま》を染め抜いた赤紫色の暖簾《のれん》にはさまれて、能登屋と墨書された看板がかかっていた。

たとえば青物問屋であれば、まだ入りやすい雰囲気もあるが、売物問屋となると商人以外の者は気軽に暖簾をくぐりにくい。ここは何かを商う店というより物流の結節点たる場所だからだ。

少しはなれた所から四人は能登屋を見守る。

「やはり、妖気があるか？」

重奈雄に訊かれた椿は、首を縦に振った。

「ほんに、かすかな妖気やけど……」

「よし。俺が話してみよう」

重奈雄が歩き出す。

表を掃除していた丁稚《でっち》に声をかけ、番頭か手代を呼んでくれないかとつたえる。

出てきた番頭は初老の小柄な男で、目が悪いらしい。出てきた時も、つまずきかけたし、話す時は目を細めている。

「妖草という特殊な力をもった異界の草があり、俺はその草を刈る妖草師。これなる滝坊椿はその妖草を見破る天眼通の持ち主で……」

「その妖草ゆうもんが、能登屋に生えとる？　こない言わはりますか？」

大店《おおだな》の番頭だけあって、男の語調は慇懃《いんぎん》ではあるが、ふてぶてしい強さが孕《はら》まれていた。

「そうです。何かここの処、変った出来事など……」

番頭は低い声で、

「――お引き取り下さい。何も、ありまへん。妙な噂《うわさ》まかれたら困ったこっちゃ」

さっと背を見せ、丁稚にむかって、

「おい。塩まいとき」

鋭く命じると暖簾を掻《か》きわけ姿を消した。

「――さて、困ったものだな」

桜桃《ゆすらうめ》が如き紅の唇をほころばせる重奈雄。困ったと口にしつつ、事態をどう打開するか楽しんでいるような、はたまた、いかなる妖草と対面できるか、密《ひそ》かな期待をふくらませているような言い方だった。

と、与作が椿の袖を引っ張っている。

「何や？」

「椿様、あれを」

与作の顎《あご》が今まさに能登屋に入っていった一人の男に向かって動く。

「少しはなれた所で話そう」

重奈雄にうながされた与作が、歩きながら囁《ささや》く。

「あれはたしか、五台院に塩おさめとる塩屋の佐吉《さきち》はんどした」

塩屋佐吉は、自分の店で商う塩のことで能登屋をおとずれたのだと椿は納得した。

「ほしたら、東洞院通でまっとったら、店にもどる佐吉はん、つかまえられるな？」

彼の店は東洞院通を少し南に下った所だ。

「そないに思います」

四人は一度、烏丸《からすま》通に出、南下、三条通を左にまがり、三条東洞院の辻で、塩屋佐吉をまつことにした。

四半刻《しはんどき》（約三十分）ほどまっていただろうか。

小太りの佐吉が、下男をつれ、ひょこひょこ歩いてきた。

「佐吉はん」

棒縞《ぼうじま》の小袖につつまれた丸い体がはたと立ち止る。

「これは……滝坊の……若家元、姫家元と呼べばええんやろか。いつもおおきに。ありがとうございます。今日はほんまええ日で……」

「そんな、姫なんて、気持ちのこもっとらんお世辞言われても、うち困るわ」

毒のある、かつら的な言い方になってしまったと、椿はいそいで口をおさえる。

「それよりな、佐吉はん。能登屋はんで何かけったいなこと、起っとらんか、おしえてほしいんやけど」

佐吉はしばし眉間《みけん》に皺をよせて考え込んでいた。やがて、

「半十郎はんの姿、ここん処、見ーひんゆう話は聞いとります」

「ほう」

重奈雄が、興味を見せた。椿はかつらに、どないや、という視線をおくっている。かつらがすかさず問う。

「何処《どこ》か他国に行っているということは」

「それはありまへん。半十郎はんは、夏に能登に行くと聞いとります。そやけど、秋には都にどんと腰据えてきっちり商売しとるゆう話どす」

「その半十郎がここの処、見えない？」

重奈雄は細い顎に、指をそえた。

「へえ。何でも番頭はんが店まわしとるゆう噂どす」

「成程《なるほど》。誰か亡くなられたとか、いなくなったりとか、左様な話は？」

「………」

「気になることがあれば、何でも言ってほしい」

元々、噂《うわさ》好きらしい佐吉は、口を開く。

「ううん……半十郎はんの御内儀が出て行ったのは三年前や」

声をひそめて、

「これは知っとる人も多いさかい、言うんやけど……何でも手代と駆け落ちしたそうや」

「どうにか能登屋さんに入る術《すべ》はないかな？　できれば店だけでなく、屋敷の方まで見てみたいのだが」

重奈雄が言った。眉を顰《ひそ》めた佐吉が、椿に視線を走らす。

「大丈夫、この人は、ちゃんとした草木のお医者さんなんや。少し事情があってな、しらべとるのや」

「誰か能登屋はんに昵懇《じっこん》の方に同道してたしかめるゆう方法がええんと違いますか？」

佐吉は、真剣に頭をひねってくれた。椿が質問する。

「能登屋はんて何か芸事に手ぇ出したりしとらんの？　たとえば、絵や、俳諧《はいかい》」

そうした方面に能登屋が手を出してくれていれば、心当りの男はごろごろいるのだ。

「そないなものは一切――」

頭を振る佐吉の表情には強い自信がこもっている。

「能登屋半十郎はんは芸事に酒、廓《くるわ》遊び、元禄の京商人が身代潰した悪癖には一切、手ぇ出しとりまへん。能登屋はんは鳥目《ちょうもく》をたくわえること、販路を広げること、自らの学を深め商いを盤石《ばんじゃく》にすること、その三つのことの外、関心は……おへん。わしら商人の鑑《かがみ》のようなお人。奇特なお人や」

趣味と呼べる奥行きを一切もたず――ひたすら己の生業《なりわい》に全熱意をそそいでいる人物であるようだ。椿は本能的に、能登屋のそうした性情が何か抑圧された心を生み、そこを苗床として妖草が芽生えた気がした。重奈雄と目が合った。重奈雄も同じふうに考えているようだった。

かつらが、ぶっきらぼうな声で、

「あのさ、塩屋佐吉さんだっけ？　あんたのお供してさ、能登屋の奥深くまで行けない訳？」

「無理どす」

佐吉は、言った。

「わし、能登屋はんのしたしい友人ゆう立場ではありまへん。ただ、商売上のつながりで、能登の塩をうちの店におろしてもらっとるだけどす。店先だけの付き合いで、屋敷の中に立ち入ったことはありまへん」

「能登屋さんとしたしい人物を、佐吉さんはご存知でないかな?」

重奈雄が食い下がると、佐吉は思案顔になっている。

「んん……」

やがて、ぽんと手を叩く。

「鮫《さめ》問屋の林屋《はやしや》はん。林屋はんと幼い頃から昵懇にしてはるゆう話を、聞いたことがありますよ」


刀剣にもちいる鮫皮を洛中におろす鮫問屋・林屋三郎次郎《さぶろうじろう》は三条通を東にすすんだ所に店を構えていた。三条の橋のほど近くである。

玄関に腰を下ろし、茶を馳走《ちそう》になる。用向きを話すと快諾してくれた。

「あの丈夫な男が……床からほとんどはなれられん。医者も何の病かわからんと、首をひねるばかりで。丁度、見舞いに行こう思うとった処どす」

三郎次郎は四十歳前後の、あまり感情を表に出さない物静かな人物だった。

青色《あおさ》が錆びたような、落ち着いた色彩の着物を着ており、こちらの話を頭ごなしに否定したりせず、生真面目《きまじめ》に対応してくれた。

重奈雄が手代に化けて、三郎次郎の供をして、能登屋に出向く形になり、椿はかつらと一緒に問屋町近くの茶店にて、重奈雄をまつ形になった。また、与作には、能登屋の傍《そば》に待機して、何か重奈雄に必要なものが出てきたり、椿と連絡を取り合う必要が生じたら、すぐに走るという役目があたえられた。

＊

紅に色づいたモミジの葉と、黄化しつつある欅《けやき》の葉が、椿の前で皿にのって並んでいる。

勿体《もったい》ないような気もしたが欅の葉をそっとつまんで口にはこぶ。

（――甘い）

有平糖《あるへいとう》である。

外縁の裂け目の一つ一つにまでこだわって、砂糖でつくられた葉なのだ。

椿とかつらが腰を落ち着けた茶店、亀屋鶴若《かめやつるわか》は菓子作りの業前《わざまえ》でも定評がある茶店だった。

かつらが甘いモミジを手に取る。――半分ほど、嚙《か》み千切る。嚙み方が激しかったらしく、いくつかの破片が口からこぼれた。

一瞬、頰をぴくっと痙攣《けいれん》させた椿は玉露を口にはこんだ。

二人は少し前に茶店に入り、座敷で相対しているが、会話らしい会話はほとんどなかった。

初めに沈黙の壁を破ったのはかつらだった。

「なあ」

「…………」

「なあ」

「何どす？」

茶にうつった自分の小さい顔に目を落とす。ふっくらした頰が、強張《こわば》っているのがわかる。

「天眼通の持ち主がいなくて、あっちは大丈夫？」

「大丈夫」

きっぱりと言った。

煎茶《せんちゃ》から顔を上げた椿は真っ直ぐにかつらを見据えている。

「シゲさんは——妖草師。天眼通がなくとも、妖草を見切る術はいくつかもっとります。うちと再会する前も、妖草師として、はたらいていた訳やし」

「椿はシゲさんのことになるとむきになるね」

「あの……はっきり言って、ええどすか？」

かつらは今までとは異なる椿の様子に、少し身構えた。椿は何か決定的な言葉をかつらにぶつけようとしたが、どう話をくみ立ててよいかわからず、唇をむすんで相手を睨《にら》んでいた。


商家の奉公人になりすました重奈雄は林屋三郎次郎の少し後ろを歩む。面を伏せがちにしてさっきの番頭とすれ違う。

（気づかれなかった）

能登屋に侵入した重奈雄。店の奥が屋敷になっていて、三郎次郎と重奈雄はそこに入ってゆく。俗にウナギの寝床と呼ばれる都の町屋は狭く長細い。それは豊臣秀吉《とよとみひでよし》による短冊形の町割に関連している。

だが、能登屋は元々大店だったのにくわえ、隣接する越中屋を吸収し、敷地は倍に広がっていた。能登屋半十郎は、越中屋の店舗部分の半分を立ち並ぶ土倉にし、店舗の残り半分と屋敷部分を、全て自分の邸宅にくわえ、広大な屋敷をつくり上げていた。

長廊下の右側が露地（茶庭）になっている。

ヤツデやモミジが枝葉をふれ合わせる下闇で、青々としたシダや苔《こけ》が地を隠し、小鳥が囀《さえず》る山里を形づくっていた。

利休《りきゅう》によって大成された茶庭は「市中の山居」を理想とする。乃《すなわ》ち、山林の中に佇《たたず》む世捨て人の庵《いおり》を連想させる。

重奈雄が、訝しむ。

この茶庭にはあるべき庵《もの》——乃ち、茶室がない。奥にはただ、茶室があったであろう更地があり、その向うに二階屋がそびえていた。

重奈雄を顧みた三郎次郎が小声でおしえる。

「先代のつくった茶室……半十郎は、よせ言うたのに壊しました。『芸事に耽《ふけ》る時間《とき》が身代を危うする。茶を立て、花を生け、料亭や遊郭《くるわ》で遊ぶ時間があるなら……はたらかな、はたらかな』、それがあの者の口癖や」

「……成程」

長廊下の左側、つまり露地の反対側は大きな池を擁する広い庭になっていた。水際には重々しい護岸石組や笹《ささ》、さらに石灯籠が配置されていた。松や綺麗《きれい》に刈り込まれた躑躅《つつじ》が茂る。

——全く荒れていない。

よく手入れされた庭だった。

だが、重奈雄はうまく説明できない、ある種の寂しさに似たものを覚えている。

（……何だ？　俺はこの庭の、何が寂しい）

思案しながらも懐に手をのばす。

重奈雄はある妖草を、二つ取り出した。黒っぽい毬藻《まりも》に似た妖草である。重奈雄がそれを放ると、一つは池のある庭園に、いま一つは露地に、ふわふわ漂っていった。しかし露地に放った方がシャガの植え込みに引っかかってしまったため、さっとそちらに降りてすくい上げる。もう一度、少し上方に放った。

と、

「——」

重奈雄は自分にそそがれている視線に気づいた。さっきの二階から、誰かが自分を見ている。

顔を上げた重奈雄は、二階の障子が半開きになっていて、そこから少女が覗《のぞ》いているのをみとめた。

十歳ほどか。華やかな短冊模様が散らされた、絹の小袖を着ていて、片手にもった遠眼鏡《とおめがね》で重奈雄をうかがっている。

重奈雄と目が合うと少女はさっと障子をしめた。下に垂らした黒髪がかいらぐ様が、心にのこった。

「林屋さん」

長廊下にもどった重奈雄が、訊《たず》ねる。

「二階からこちらを見ている少女があった。能登屋さんの娘御でしょうか？」

「綾《あや》、言います。半十郎の一人娘や。昔はようしゃべる子やった……。しゃあけど、今は一言もしゃべりまへん」

「綾さんがしゃべらなくなったのは、いつくらいからだろう？　やはり母御において行かれてからでしょうか？」

「母親が出て行って一年くらい後やった、思います」

重奈雄はもう一度、庭に鋭い視線をおくりながら、その情報を咀嚼《そしゃく》した。


「かつらはん。はっきり言って、ええどすか？」

「まってました。——どうぞ」

かつらは形が良い一重の目を熱っぽく輝かせ余裕を崩さない。

「うちは……かつらはんが、妖草経、都で書写しはるの、えろう大切なことと思います。大切なことやからこそ、蛤御門傍の庭田重熙様の屋敷でやればええん違うかな。

こない思います」

「その心は？」

かつらは頬杖《ほおづえ》を突いて椿を睨んでいる。挑発的な面差しだ。

「その心は……」

椿は一気に飲み干した玉露の碗を、少し力強く置いた。

「まず堺町四条の長屋は騒々しい。書写の作業に、滞り出るん違うかな……こう危惧《きぐ》しとるわけどす。それに、堺町四条におったら、妖草を中心とする様々な騒ぎに、かつらはんは巻き込まれる。それもまた遅延の原因になる、思います」

かつらは首を横に振っている。わかっていないなあとも、嘘をついているねとも、取れる顔の動かし方だった。

「重熙はんが……けったいな人やゆう言い分、うちも少しわかります。そやかて、庭田邸は、広く、静か。妖草の畑もあります。堺町四条の長屋には、ない場所《もの》や……。多少やりにくいから、ただそれだけの理由で庭田のお屋敷を飛び出し、シゲさんに迷惑をかけとる今のかつらはんの状況……。

庭田の人々にも江戸の幕府に対しても、申し訳ないとか、思いまへんか？」

「まずシゲさんに迷惑をかけてるかは、本人にたしかめないと何とも言えないだろ

る。

かつらは、さっき噛み砕いた有平糖のかけらを指で弄《もてあそ》びはじめた。その指が、止る。

「初めあたしは、シゲさんの兄上がやりにくい人だという理由で、庭田邸を飛び出た。ところが今はそれだけの事情で、堺町四条にいたい訳ではない。ちゃんとした別の理由があるんだ」

その理由とやらを、聞きたいという自分と、聞くのが怖いという自分が、椿の中でせめぎ合っていた——。

「旦那《だんな》様」

水墨画が描かれた襖《ふすま》にむかって下男が呼びかける。閉ざされた襖の向うで、病室は静まり返っている。

静謐《せいひつ》だが何処か張りつめたものが襖の向う側に漂っているようだ。

中で横たわっている病人が発する気に鋭さがあり、それが立ち込めた気配をも硬化させているらしい。

「……何や」

弱いがよくひびく声がした。

「林屋様がお見舞いにきはりました」

「おお……」

衣擦《きぬず》れや布団の音が、起き上がろうとして断念する男の姿を、重奈雄におしえてくれた。

三郎次郎が、

「入って、ええか？」

「かまへん」

下男が襖を開き、三郎次郎と重奈雄が病室に入る。

「こないな有様でろくなもてなしも出来んで……」

無理して起き上がろうとする半十郎を三郎次郎が押しとどめた。

能登屋半十郎は、頬がこけた細身の男で、かなり上背があるようである。相当に容態が悪いらしく、無精髭《ぶしょうひげ》が生え、双眸は血走っている。

半十郎は重奈雄を見つめ、

「新顔の手代さんやな？」

「シゲといいます」

重奈雄が言った。

「シゲは、草木に詳しいんや」

「鮫問屋に草木に詳しい手代さんか」

半十郎は、力なく笑った。

「シゲはな、薬草は勿論、妖草ゆうものにもくわしい。そうやったな?」

半十郎の横に座った三郎次郎が、重奈雄に顔をむける。

「はい。妖草とは——常世と呼ばれる異界に茂る草。人の心を苗床に、こちら側に芽吹き、様々な妖しの事象《できごと》を起します」

この人は大丈夫なのか、という顔を、半十郎が三郎次郎にむける。

三郎次郎は、

「わしの知り合いに、本草学者、小野蘭山先生の許で学び、与謝蕪村はんの句会に顔出しとる人間《もの》がおる。その男がな……この世に起る不思議の幾割かは、妖草のせいかもしれんと、真顔で言うとった。何でも蘭山先生も蕪村はんも、妖草に襲われたようや……」

俳人・与謝蕪村——重奈雄と共に幾度かの怪異に直面している人物である。

蕪村はともかく、蘭山も、自分の知らない所では妖草を信じつつある旨を口にしている事実を知り、重奈雄は微笑《ほほえ》ましく思う。だがその笑みを素早く伏せ、

「医者に見せても治らぬ病と聞きました」

「……一月《ひとつき》ほど前からや。体が、だるうて、だるうて、どうしても朝、起き上がれん。床を起き出す力がないのや。こないなことは三十九年生きてきて初めてや」

重奈雄は真剣な形相でうなずく。

「熱が出たりは？」

半十郎は、首を横に振る。

「家の中で同じ症状を発している者は他にいませんか？」

「丁稚が一人。料理番の下女が一人。わしより少し前に同じ病状になった。初め、わしはそ奴らが怠け心から嘘ついとると思うた。そやけど……」

自分が同じ目に遭い、本当だとわかったと、半十郎は語った。

「この部屋の中に――妖しい草が生えていないかしらべても？」

半十郎の許しを得た重奈雄は丹念にしらべたが、病室に妖草の痕跡《こんせき》はなかった。

重奈雄は、

「庭、あるいは邸内に、今までに見なかった怪しげな草が生えたりしていません

か？」

「さあ……。わしは庭に咲く花に、あまり関心がおへん。ただ……綾なら何か知っとるかもしれん。あの子は外で遊べん分、庭で散歩しとる」

「外で遊べないとはどういうことでしょう？　遊びたい盛りではありませんか？」

白皙《はくせき》の妖草師の瞳に、眼火が灯《とも》っている。

「綾は八歳の折、人さらいにさらわれたんや。幸い、奉行所が下手人を見つけ……怪我《けが》一つあらへんかった。そないな事情で、綾はわしと一緒の時にしか、外に出しまへん。やりすぎゆうご批判はもっともや。三郎次郎にも何度も言われた。

そやけど——越中屋を買い上げた能登屋には敵も多い。妬《ねた》む者も、仰山《ぎょうさん》おる。外に出さん分、綾はむずかしい子になるかもしれん。そやけど……人さらいに殺されるよりましや。そないに思いまへんか？」

瞑目《めいもく》し面差しを曇らせていた重奈雄が唇を開いた。

「綾さんは庭をまわるのが好きなのですね？」

「庭をまわるか、遠眼鏡で洛中を見るか、しとります」

「綾さんをここに呼んでいただけませんか？　筆談でよいから、お話を聞きたいと思うのです」

下男が走り、綾を呼びにむかう。

その少女、綾は地下世界でのびた白い菌糸のような、儚《はかな》さ、静けさを漂わせていた。何か重奈雄が訊ねても唇は堅牢《けんろう》な城門と化し、何も言葉を発さない。ただ黒く可憐《かれん》な瞳を薄く開き畳の一角を見据えていた。重奈雄の質問にはしばらく間を置いて首を弱く振って答えた。

綾は掌におさまるような陶製の犬を大切そうにもっている。玩具の犬は、手垢《てあか》で汚れていた。

見とがめた半十郎が、

「まだ、そんなんもっとるのか」

綾は陶製の犬を背中にもっていって隠すと、唇をふるわしながらうつむいた。言葉を押し出そうとしているが、それが声にならぬようであった。

「綾さんは庭に出るのが好きなんだね？」

重奈雄が、やさしく訊ねる。

こくりと、うなずく。

「遠眼鏡で町を見るのとどちらが好きかな？」

少し首をかしげた綾は答えなかった。ととのった顔立ちは、荒地に一輪だけ咲いた花のように、寂しげであった。

「あたしは今、シゲさんの隣にいて……市中に生じる妖草を刈りに行くことで、沢山学べると思っている。庭田邸にじっと閉じこもって妖草経を書写するよりもね」

かつらは、はっきりと主張した。

「幕府はさ——妖草経を江戸にほしいわけじゃないんだよ。

妖草師を、江戸に一人、いや何人かほしいんだよ。

わかる？　この違い」

「………」

唇を噛んでうつむく椿に、かつらが言葉を突き刺す。

「妖草経を書き写す仕事で、あたしが都にきているなら、椿が言う通り庭田邸でやるのが一番いいのかもしれない。だけどさ、あたしは自分が何のために上洛したのか、あの化物ツバキや深泥池《みぞろがいけ》の藻を倒した今、はっきりと言える。

あたしは——妖草師になるため、此処《ここ》にきた」

一方的に意見をぶつけられる椿の体中で、血が、ふつふつと煮えている。今にも体が火を噴き出しそうである。

「だとしたら、庭田邸で大人《おとな》しく作業しているより、あの長屋でさ……様々な妖草妖木とむき合いながら自分を鍛え、妖草経、妖木伝も書き写す。こうした方がいいという結論にあたしは達した。何か異存ある？」

かつらは両手を大きく広げ、存分に本音をぶつけてこいという仕草をした。

「あんたが、この件に異存があるとしたら……ああ、うちのシゲさん、この人に取られたらどないしたらいいねん、とかいうちっぽけな私情を発端とする異存でしょ？」

「あの……変な処で間違った京言葉つかうの、やめてもらえまへんかっ」

椿は泣きそうになりながら言った。

「そこは心配する必要はないと初めに言ったでしょ？　あたしは、出来上がった二人の仲を引き裂くつもりなど毛頭ない。ただ、あたしが学びたいものを、真剣に学びたいだけ」

「…………」

「あんたを突き動かしているものは、私情。あたしが背負うものは、公用。あるいは……」

「幕府の意向。こない言わはりますか？――ええでしょう」

今度は、かつらが、黙った。

重奈雄は庭のお気に入りの場所に案内してほしいと綾につたえた。

露地にむかった綾は、今、水琴窟《すいきんくつ》の前でしゃがんでいる。

竹筒からこぼれる水が蹲踞《つくばい》の海に落ちると、地の底で水が反響する澄み切った音が聞こえる。心にたまった澱《おり》のようなものを静かにあらい流してしまう音だ。蹲踞の周りは杉苔や毛氈苔《もうせんごけ》でおおわれ、その背後には千両やジンチョウゲなど低い木が茂っていた。

重奈雄と三郎次郎は綾の後ろに立っていた。目を閉じた綾は、陶土《つち》で出来た犬に水音を聞かせているようであった。

水音とは別に――もう一つ、かすかな音がする。いま一つの音が気になった重奈雄は、そちらに歩みよる。

（葉擦れの音のようだ。風が、ないのに）

露地の外れにホオノキが立っていて、音はそちらの方から聞こえた。

ホオノキは――日本にある樹木の中で、最大の葉をつける。香りもよく、殺菌効果もあるため、山深き里に住む人々はよく料理にもちいる。ホオ葉味噌、ホオ葉寿司などである。

ホオの実は奇怪な姿形である。

いくつもの袋が結合してできた巨大な実で、長い芋のような形をしている。この実は熟すと一つ一つの袋が真っ二つに裂け中から赤い種子が姿を現す。

その裂け目から赤いものがこぼれている様は、火照《ほて》った女陰《ほと》のような淫靡《いんび》さがある。

今、重奈雄が目にしているホオノキは、まだ熟していない実を下げていた。つまり、小袋は全て閉ざされている。

枝葉を掻きわける。

音源を突き止めた重奈雄は、

「やはりな」

黒い毬藻形の妖草――重奈雄がさっき放った風顚磁藻《ふうてんじそう》――が、木の股にそだった着生植物とくっつき引っ張り合っていた。

妖草・風顚磁藻――重力にあらがって宙に浮く毬藻形妖草で、他の妖草を引っ張る磁力を有する。

やってきた三郎次郎と綾にむかって、重奈雄は、

「これは風顚磁藻といって他の妖草と引き合う力をもつ。今、風顚磁藻は他の場所に漂って行こうとして、この木の股に茂った草と引っ張り合っている。その運動する草たちが、ホオの葉にぶつかり音を発していた」

「……つまり、木の股に茂った草が、妖草ゆうことですな?」

三郎次郎がたしかめる。綾は一言もしゃべらなかったが、澄んだ目でそれを見つめていた。

「これ、どないな妖草なんやろ?」

「林屋さんは草木にはお詳しいでしょうか?」

重奈雄の問いに、三郎次郎は首を横に振る。

「商売柄、魚はよう知っとります。そやけど、草木は……」

「綾さんはこれとよく似た草を見た覚えがあるかな?」

重奈雄に訊かれた綾は木の股に生えた妖草を無言で凝視していた。やがて、露地の一角、古い赤樫《あかがし》を指す。

「そう。赤樫の木にも、これと瓜二《うりふた》つの人の世の草、軒忍《のきしのぶ》が生えていることだろう」

軒忍――木の股や、石垣のあわいから、ひょろ長い単葉を垂らす、シダの仲間だ。

「ひだる草と言います。人の世の軒忍と全く同じ姿で現れ……近くにいる者に、床からはなれられぬほどの疲労を起す。ひだる神の言い伝えについては？」

「山道歩いとると、俄《にわ》かに疲れや飢えに襲われ、一歩も歩けんようになり、時には死にいたるゆう話どすか？」

「ええ。我ら妖草師は、ひだる神の言い伝えの半分くらいが――ひだる草によるものだと思っています」

椿は言った。

「公用、あるいは幕府のご意向を背負う人、前にしたら、下々の者は……全ての私情、脇にどけとけ、こない言わはるんどすな？

――ええでしょう。

ただその代り、うちら町に生きる者も、その人が公用、背負うに値する人か……きっちり見させてもらいます。

そやなかったら、公私混同するようなしょうもない御役人の暴虐にも、全て黙って我慢せい、お上がかかわる話なら、どんなけつじまりが悪い（始末が悪い）話でも、みんな無言で見過ごせゆう、滅茶苦茶な話になってしまいます」

「………」

椿の白桃に似た頬が熱い血で茜色《あかねいろ》になる。

「公用を箒《ほうき》にして、私情を掃かれるゆうなら、その箒もつ人がちゃんとしたお人か、厳しい目で見るゆうこっとす。それが長い間、天下でもっとも力をもつお人たちを相手にしてきた、京の町衆の流儀どすえ」

一瞬、鋭気の光波を瞳から発したかつらが、ふっと微笑した。

「あたしはまだ……公用って言葉で、大上段に構えられるほどの器じゃない？」

「さあ、かつらはん。そこは、自分が一番よく知ってはるんと、違いまっしゃろか？」

「一応、休戦ってことにしようよ。あたしはなるべく、あんたをいらつかせないように努力する。だから、あんたも——あたしがあの長屋で妖草について学ぶことに、口をはさまないで」

「……ええですよ。一応、休戦ゆうことで。ほな、休戦の印で、柚子餅《ゆずもち》食べまひょ。ここの柚子餅も美味《おい》しいんどすえ」

「賛成」

椿とかつらは二人して破顔した。

「妖草は人の心、苗床にすると言わはった。では、ひだる草はどないな心、苗床にそだつ草なんやろ」

病室にもどった重奈雄に三郎次郎が訊ねている。

「……とても深刻な心を、苗床とします」

重奈雄の手は、さっきむしり取ったひだる草をにぎっていた。ひだる草が採られたせいか、半十郎は起き上がって話を聞けるようになっていた。

「そしてその心がある限り、ひだる草は何度でも芽吹く。半十郎さんはまた病に陥ってしまう」

重奈雄は初めに半十郎、次に綾に視線を流す。綾は重奈雄から目をそらし件《くだん》の犬の玩具を固くにぎった。

「――虚無。うつろな心」

重奈雄が、告げた。

重奈雄の言葉に、綾ははっと首を動かし、かんばせを強張らせている。今の言葉が胸を深く貫いた様子であった。

重奈雄は二年前から言葉をうしなってしまった少女をじっと見つめたまま、言葉をつないだ。

「深い悲しみ、あるいは強い怒り、そうしたものをきっかけとして、空っぽになってしまった心。何か美しいものに心を動かされたり、大きく喜んだり……そんなことを忘れてしまった心。

——左様な心を妖草・ひだる草は苗床とし、こちら側に芽吹く。そして近くにいる人間を狙い起き上がれぬほどの疲労を引き起す」

小刻みなふるえが、綾の唇に起っていた。美しい少女は、重奈雄の言葉から逃れるように目を閉じる。

「綾さん。何か——心当りが？」

「…………」

綾は唇を固く閉ざしている。

半十郎が、大きく首を、横に振った。

「……わしのせいや」

能登と越中、二ヶ国の産物を一手に商う売物問屋としての威勢や矜持《きょうじ》は見られなかった。弱々しくふるえる半十郎は父親としての悔いをにじませていた。

「綾は、悪くない。お前がそないな心かかえとったんなら……悪いのはわしや」

綾は唇を強く噛んで耳朶《みみたぶ》まで真っ赤にして、首を小刻みにふるわす。何かを懸命にこらえていた。

寝床に座った半十郎が、

「女房がおらんようになって、わしは……自分の一生が夜のように暗《くろ》うなった気がしました。綾がおるのに、自分の悲しみ、悔しさを振り払うために、ただただ、商売をきばって、きばって。脇目もふらずに生きてきました」

綾の眉間の皺が濃くなる。

「わしはこの古い都の商人仲間の中では浮いとる。それはこの半十郎が……播磨屋《はりまや》なら播磨の産物、淡路屋《あわじや》なら淡路の産物ゆう、売物問屋の掟《おきて》を壊し、越中屋の身代ごと買い上げたからや。わしは強い者が、その実力を存分に発揮し、どれだけ身代を拡大してもええと思っとる」

「………」

「ここだけの話——加賀屋《かがや》もいずれ我がものにしようと思っとります」

一度、小さくなりかけた痩《や》せた男から強い精気が溢《あふ》れ出す。

「つまり前田《まえだ》公の封土、加賀、能登、越中、全ての産物を掌握しようと？」

重奈雄が問うと、半十郎は強い力を語気に込める。

「一つの藩どす。その方が理に適《かな》っとる思います。……ゆくゆくはそれら三国の買物問屋も傘下にくわえたい。

……金が要る。もっともっと、金が要る」

三郎次郎が半十郎の肩に手を置いている。

「そやからお前は、両替商、松葉屋《まつばや》のお幾《いく》はんを後添えにむかえようとしたのやな？」

松葉屋は上京屈指の両替商で、そこの娘、お幾は夫に先立たれ、二人の幼子をかかえているという話を、重奈雄も聞いていた。

惚《ほ》れたから後添えにするのではない。——その女の資金力が、加賀屋、そして三つの買物問屋を吸収するだけの力を自分にさずけてくれそうだから、妻にする。

能登屋が弾く冷徹な算盤《そろばん》勘定が聞こえてきそうであった。

閉ざされた綾の眼から、ぽたぽたと涙がこぼれ出す。

「貴方《あなた》は十分に己を貫いてきた。商人としても、父親としても。しかし綾さんは……この屋敷に閉じ込められるのではなく、思う存分、外で遊びたかったのではありませんか？」

重奈雄の問いに綾が答えなかったため、半十郎が、

「そうかもしれん。綾、お前は遠眼鏡で何、見とったのや？」

「…………」

娘は唇を固く閉ざし、ただはらはらと泣いていた。

「お前のあたらしいお母ちゃん、お幾はんはな……初めて会《お》うた時、むずかしい人かもしれんと思うた。そやけど、松葉屋に商用で行き幾度か話をする内、この女子《おなご》なら綾のことも大切にしてくれると、この半十郎、確信した。妹も二人ふえる。賑《にぎ》やかになる」

「——嘘やっ！」

綾の感情が、初めて爆発した。

綾が声を発したことに、重奈雄たちは驚く。特に、大きく目を丸《まろ》げた半十郎は、やがて嬉しさにふるえ出した。

黒曜石が如き瞳を潤ませながら綾は吠《ほ》えている。

「お父ちゃんは、お母ちゃんが何で出て行ったか知らんの？　お母ちゃんな『冷たい算盤勘定で妻にされたのが嫌なんや』こう言っとったのや」

刃物で刺された顔になった半十郎は綾から視線をそらす。ずっと沈黙してきた少女は、つかえながら、時に同じ言葉を繰り返し、かすれ声で主張した。

「お父ちゃんが……お父ちゃんがな、ほ、ほんまにお幾はんゆう女《ひと》のこと好き……やったら、その人と一緒になればええ。うちは、うちは文句を言わん。……そないに子供やない。そやけどもし自分に嘘ついてお店のためにお幾はんゆう女と一緒になるのなら、やめて！　それはお幾はんゆう女にも失礼やっ。同じ過ちをくり返すことになる！」

半十郎は茫然《ぼうぜん》とした面持ちをむける。綾は、つかえながらも、強い調子で、胸の内を明かした。

「遠眼鏡で何見とる、言うたよね？　うち……うちは、大工はん、八百屋はん、瓦《かわら》屋《や》はん、いろんな家族、見とった。こないに広い御屋敷住いやない。みんなもっと小さな家に暮す家族や。

そやけど……うちより楽しそうに、花見に行ったり、川狩りに行ったり、芝居見物に行ったりしとった。

お父ちゃんは……知っとる？　この庭にどれだけの数の鳥が巣をつくっとるか」

半十郎は力なく、首を横に振る。

「その鳥たちの家は――こんな、掌にのるくらい小さいのや。そやけど、えろう楽しそうに囀りながら、羽づくろいしたりしとるのや。お父ちゃん……お父ちゃん、うちのこと、何もわかってない！」

顔をくしゃくしゃにして叫んだ綾は自分の部屋の方に走り去った――。

娘の言葉に打ちのめされた半十郎と、三郎次郎をのこし、重奈雄は綾の部屋に行った。襖を開けると綾は障子窓の近くで、かかえた膝《ひざ》の上に頭を投げ入れ嗚咽《おえつ》していた。足の近くに遠眼鏡が転がり白い手には犬の玩具が固くにぎられていた。

部屋の一隅では、白い人形の子供が、寝転がったり、鯛《たい》をかかえたり、打ち出の小《こ》槌《づち》を振って、笑ったりしている。御所人形である。さらに色とりどりの扇が飾られた棚と金蒔絵《きんまきえ》の香箱、豪奢《ごうしゃ》な双六《すごろく》盤が複数みとめられた。

あぐらをかいた重奈雄は、半十郎が買いあたえたらしい、それら一切の物が埃《ほこり》をかぶっているのを見つけている。

「さっき庭を見た時、よく手入れされているが……さみしい庭だと思った。きっとそれは、持ち主の気持ちが感じられないからなのだ」

「…………」

「竹が好き。梅の花が好き。蘭《らん》が好き。何でもいい。そういうこだわりがあれば、違うのだろうが。……犬の玩具は、母御がくれたのかな？」

涙をぬぐった綾は障子窓を開けると、外気を吸っている。

露地の葉群《はむら》が秋風でやさしく揺れていた。

「そうどす……」

喉を燃やした感情が、秋の涼気で落ち着いたような声だった。綾は垢で汚れた犬の玩具を少しもち上げ、小首をかしげてのぞくような姿で、

「あれは何処のお寺さんの門前だったんやろ？　うちは子供の頃、体が弱かった。『綾は、野良犬のように丈夫になりぃ』言うて買《こ》うてくれたのや」

「母御がいた頃は、外で自由に遊べた？」

白い首が縦に振られる。

「その頃にもどりたい？」

「すぎた日には……もどれまへん」

「父御がいつも忙しそうなのが、寂しかった？」

綾は重奈雄に真っ直ぐ顔をむけた。

「お父ちゃんにとって、うちは……どないな存在《もの》なんやろ？　そこに転がっとる御所人形と何か違い、あるんやろか？　人形はしゃべりまへん。そやさかい、うちも声を出さんようになりました」

　重奈雄は間違いなく、綾の胸の内に生じた空虚が――苗床になったと考えていた。

庭に出ていた、ひだる草はひとまず始末したが、この子がいだいている心の闇が解決されぬ限り、妖草は何度でも姿を現す。

「あの……恐ろしい草、うちの心が原因で？　うちのせいでお父ちゃんや、お店の者が――」

　重奈雄が首肯すると、

「うちがここから出て行けば、あの恐ろしい草は出ーへんようになる……」

　重奈雄は首で否定した。

「それは違う。そのようなことをしたら、綾さんのお父ちゃんが虚無をかかえ、また沢山のひだる草が出てくるかもしれん。今、恐ろしい草と言ったね？――違うかもしれない。ひだる草は……綾さんたち親子が、もっと取り返しのつかない悲しい状況になる前に、警告しようと、常世という遥《はる》か遠い場所から……出てきてくれたのかもしれない。そう思うことにしよう。

そして、再びこの家にひだる草が現れたら——それをさがし、引き抜くのは、俺ではない。綾さんの役目だ」

背後に、三郎次郎にささえられた半十郎が立つ気配がある。重奈雄は振りむかずに綾に語っている。

「そしてそれを引き抜く度に、どうして出てきたのか、お父ちゃんと話をしよう。……無言で部屋に籠《こも》るのではなく、しっかりと自分の思いを声に出して話をしよう。何故なら、ひだる草が出れば、肝心の能登屋の商いにも影響が出てしまう。——出来ますか？　半十郎さん、綾さん」

重奈雄の睛眸《せいぼう》が、まず父を、次に娘を射貫《いぬ》く。

「はい」

親子の口がほとんど同時に動いた。重奈雄は、

「別の妖草が出ぬ限り、俺はもう能登屋にはきませんよ。能登屋に現れるひだる草は——」

綾に、笑む。

「まかせたからな」

と、障子窓の向う——楓《かえで》の梢《こずえ》に、親指程の大きさの白く丸っこい小鳥が二羽、飛来

し、しきりに枝を嘴《くちばし》でつついている。どうも木に棲息《せいそく》する小虫をついばんでいるようだ。

綾は、

「……エナガ」

嬉しそうな小声で言った。

綾が囁いた瞬間、二羽のエナガは何かに驚き、慌ただしく何処かにふためき飛んだ。さみしい庭と重奈雄は感じたが、鳥は木の実があったり、虫がいれば、あつまってくるのだ。半十郎をささえる三郎次郎が、

「綾は小鳥が好きなようやな」

「はい」

重奈雄が、手を叩く。

「そうだ。いいことを思いついた。さっき話に出てきた小野蘭山。あの者は、本草学者なので、鳥にも詳しい。蘭山の弟子にも鳥好きが多いでしょう。月に一、二度でいいから綾さんを蘭山の塾に行かせるのはどうでしょう?」

「………」

考え込む半十郎に、三郎次郎が言う。

「門弟の誰かにおくってもらえば、人さらいの心配もない。ええ考えと思うぞ」

「大切な娘さんということはわかります。しかし大切にするのと、閉じ込めておくのは違う。……ここに閉じ込めておけば、体にも心にも毒です」

重奈雄は能登屋半十郎を諭した。

「……ようわかりました。いろいろ、おおきに」

半十郎が呟《つぶや》くと——顔を真っ赤にした綾は、父親に、きつく抱きついた。

「綾、かんにんな。お父ちゃんが間違ってた。辛《つら》い思いさせて、かんにんな。あたらしいお母ちゃんのこともな、お父ちゃんもう一度よう考えてみる」

「……うん」

半十郎は深く頭を下げている。

(ひとまず落着かな)

重奈雄は、桜桃が如き唇をほころばせる。ふと、茶店にのこしてきた椿とかつらを思い出す。

(あの二人の諍《いさか》いから、妖草など生じねばよいが……)

灯台下《もと》暗しという言葉を噛みしめる重奈雄だった。

姿なき妖《あやかし》

山芋のむかごは、秋風が吹きはじめる頃、葉の傍《そば》につく。灰色の球で山芋の赤子と呼ぶべきものである。これを土に埋めれば、そこからあたらしい芋がそだつ。

塩茹《しおゆ》でにしてもよいし、米一升にむかご一合ほどの割合でまぜ、塩で味付けした「むかご飯」にしても旨《よ》い。

小指の頭ほどになったむかごを摘むのは、丹波《たんば》では、子供の仕事であった。

その夜――
十一になる作次郎《さくじろう》は、自分がつんできたむかごの飯を、夢中になって腹に掻《か》き込んでいる時、食べ方が汚いという伊兵衛《いへえ》の叱責《しっせき》を受けた。またいつものがはじまったと思った作次郎はすぐにわび癇癪《かんしゃく》の嵐が通りすぎるのをまとうとした。が、この日、伊兵衛の怒りは執拗《しつよう》であった。「食べ方が汚い」から、「わびる言葉に心がこもっていている。

「ない」というふうにつながり、いつ終るとも知れぬ長い叱責がつづいた。

自在鉤《じざいかぎ》には年季が入った黒鍋《なべ》が吊るされていて、その鍋には大根の味噌汁《みそしる》が入っている。

十一歳の作次郎、義理の妹、むつ、そして二人の弟と、鍋をはさんだ反対側、つまり土間に相対す場所に、この蓬屋《ほうおく》の主《あるじ》で、子供らの未来とか、願望とか、あるいはもっと大きなものまで左右し得る、伊兵衛が座っていて、そこにだけ古びた筵《むしろ》がしかれていた。子供らから見て伊兵衛の右手前、囲炉裏のカカザと呼ばれる所はやすの場所だった。

作次郎と伊兵衛は血がつながっていない。

作次郎は、やすの倅《せがれ》だ。前夫を亡くしたやすに隣村の伊兵衛が婿入りし、弟が二人生れた。むつは伊兵衛の連れ子であった。

「何や、その目は。作次郎、わしに何か意見があるんやったら、正面からがつんとぶつかってこい。それも出来んで、何や、辛気臭い顔して、そないな恨みがましい目でわし見るんは、よしい。

正面からぶつかれん男はな……けつじまりが悪い男や」

「…………」

「お前、けつじまりが悪い男になりたいんか？」

「なりたくない」

ぼそりと答えると、伊兵衛はふっと笑んで薄い唇に猪口《ちょこ》をはこんだ。眉が薄く、目鼻が小さい、面長の伊兵衛は、食べながら熱燗《あつかん》をかたむけるのが好きである。この日は既に徳利を一本あけていて、面《おもて》はもう赤く、両眼は据わっていた。

「今こいつ、何か言うたか？」

首を大袈裟《おおげさ》にかたむけた伊兵衛は、わざと家族にたしかめる。痩《や》せ細り目だけが大きいやすは申し訳なさそうな顔をしてうつむいている。伊兵衛の視線が、やすから、子供らに動く。

同い年の義妹、むつが、甲高い声で、

「なりたくない、言うたようや」

「ほんまかいな。そやかて……」

赤く酔った男は面白そうに口をすぼめる。

「既に、けつじまりが悪いさかい……しょうもないいん違《ちゃ》うか？」

むつが、けたけたと笑った。

作次郎がやすを見る。

小柄で、浅黒く、貫徹した意志力をもち合わせていないかのように、目がきょろきょろと動くやすは、丸顔をかたむけ、気まずそうに視線をそらした。作次郎と伊兵衛が対立した場合、母が作次郎の側に立ってくれることはほとんどない。一度、作次郎を弁護して伊兵衛にこっぴどく殴られて以来、伊兵衛の気持ちをそこねると……自分は彼に見すてられてしまうのでないかという計算が、やすの中ではたらき出したようなのだ。それからのやすは義父子《おやこ》喧嘩《げんか》を目にすると無言を貫くか伊兵衛の側にまわって作次郎を叱るか、どちらかだった。

囲炉裏で火が爆《は》ぜる音がつづいている。

刹那《せつな》であったが、作次郎は昔——実父《ちち》がいた頃を、思い出した。

(昔は、よかった。お前がこの家をおかしくした)

気がつくと作次郎は白い目を剝《む》き激しい感情がこもった顔で伊兵衛を睨《にら》んでいた。

それに気づいた伊兵衛の眼《まなこ》が、鋒鋩《ほうぼう》が如《ごと》く鋭くなる。

「さっき注意されたやろ？　何や、その目は——言うとるのやっ！」

伊兵衛の手から、猪口が飛び、作次郎の額にぶつかった。痛みで歯を食いしばる。

次の瞬間、伊兵衛はすぐ近くまできた。作次郎は逃げようとするも間に合わない。

思い切り横面を張られ——作次郎の小さい体は土間に転がった。

肘《ひじ》と腰を、土間に落ちた時にしたたかに痛めた作次郎は、ふるえながら呻《うめ》いている。

伊兵衛は肩を怒らせ上《あが》り框《がまち》から作次郎を見下ろしている。

「あんた、もうやめて……」

やすの弱い声がした。

「お前の顔見とると、酒がえろう不味《まず》くなる！　飲んだ気がせえへん。今日は、厩《うまや》で寝るのや。わかったな？」

土間にうずくまった作次郎に、床上から義父の意地悪い声が投げかけられた。


作次郎の家の厩に、馬はいない。瘦せた牛が一頭いるだけだ。

されど、土間の隣、つまり母屋に付設された牛がいる場所を、厩と呼ぶ。

作次郎の家だけが特別なのではない。関東地方の農民は農耕に馬をつかうが、畿内の農民は牛をつかう。だが、馬ではなく牛がいる場所を、どういう訳か厩とかマヤとか呼ぶ百姓が多かったのである。昔、近畿圏でも牛の代りに馬を使役していた名残なのか、馬にまたがることができる身分――武士へのあこがれが、牛の居住域をも厩と呼ばせてしまったのか、そのどちらかだと思われる。

牛糞《ぎゅうふん》と干し草の臭いにみちた厩に作次郎が入ると、瘦せた牝牛《めうし》、ヤチがやってきて作次郎の日焼けした頬を舐《な》めはじめた。

伊兵衛とむつにいらいらしていた作次郎は――ヤチを邪険に追い払った。

作次郎に強く押された黒牛は黒真珠のような瞳を不思議そうに瞬《また》かせた。

作次郎は牛に八つ当りしてしまった自分をすぐに恥じた。

「かんにんな、ヤチ。かんにんな」

牛を撫《な》でようとする。ヤチはまた乱暴にされると怖《おそ》れたか、一回は顔を大きく逃がしたが、作次郎に害意がないと知ると、黒い鼻面を少年にすりよせている。ヤチの温かい臭いが悲しみで潰《つぶ》れそうになった作次郎の胸をいっぱいにした。

この牛は但馬《たじま》の産で、持ち主は庄屋様だ。伊兵衛のような貧しい百姓は自分の牛をもてず、庄屋様から牛をかりる者が多い。勿論《もちろん》、ただでかしてくれる訳ではないから、この牛をつかって生産した米や雑穀の一部を、借り賃として庄屋様におさめる。伊兵衛やす夫妻は猫の額ほどの田畑しかもっていなかったから、不作になると亀山《かめやま》城の殿様や庄屋様への負債がふくらみ、家計はいつも火の車だった。

――ここから出たいと、作次郎は切実に思った。

ろくな親父がいる家ではないし、ろくな殿様が治めている藩でもない。ここの殿様は昔、篠山《ささやま》の殿だったが、あまりにも百姓に厳しすぎて、篠山のような大切な藩はまかせられぬと幕府に烙印《らくいん》を押され、亀山にうつされた人だと聞く。

だが、ここから出て、いかなる将来がまっているのか。明るい展望を一かけらも描けなかった。

作次郎は自分が生れた盆地——丹波亀山藩から、ほとんど出た覚えがない。自分の村、裏山と呼ばれる栗林《くりばやし》、裏山から流れる小川が、彼の知る世界のほとんどであって、隣村や亀山の城下に出かけることも、稀《まれ》だった。

盆地をかこむ青く高い山々は、見慣れた存在ではあるけれど、中に入り、こえてみた経験は、皆無だ。

『奥山にはもっと分別がつく齢《とし》、山仕事が出来る齢になるまで、入ったらあかん。熊や山犬に襲われたら、どないすればええか、森の中で、道、うしなった時、どないすれば里にもどれるか。そないな知恵がつくまで、行ってはあかん場所や』

というのが、村の古老たちの決り文句である。

盆地の東に昔、鬼がいたという大江山《おおえやま》（老《おい》の坂《さか》）なる山がある。山の先は花の都で、庄屋様の御用で上洛する亡き父のお供をして二回行った覚えがある。見たこともないくらい大きな町で、人が沢山いて、めずらしい仏像の立ち並ぶ寺があったのを、覚えている。

（ここを出ても、亀山藩の中なら……みんな、似たような貧しい村や。それにすぐつれもどされる）

――都はどうだろう。

（あかん。……あんだけ人がおっても、知り合いは一人もおらん）

別の殿様が治める藩に行くのも気が引ける。そこはどのような場所なのか、全く見当もつかない。

牛小屋で膝《ひざ》をかかえていた作次郎は、ふと妙案を思いつく。

奥山――。山籠《やまご》もりできそうな洞穴を見つけ、雪が降るまでに食べられる木の実などをあつめておけば、誰にも束縛されず、自由に暮せるのではないか？　その自由に近づけぬために大人たちは子供が奥山へ近づくのをいましめているだけではないか……？

この家を飛び出し、奥山に入って一人で暮すことが、魅力的な計画に思えてきた作次郎だった。

＊

苔寺《こけでら》こと西芳寺《さいほうじ》は、聖徳太子《しょうとくたいし》の別荘であったという。

奈良時代に行基《ぎょうき》が入り拠点とした。

その後、寂れたが、南北朝の動乱期、夢窓疎石《むそうそせき》がまねかれてこれを再興している。稀代《きたい》の禅僧、疎石は南朝と北朝、足利《あしかが》の両兄弟など、政治的な対立関係にあった双方から深い信頼をよせられた。

それは疎石があくまでも政治に距離を置こうとしたこと、低い身分、貧しい暮しの者たちの中にも彼が自在にわけ入って、その信頼を勝ち得てしまうような只ならぬ度量をもっていたこと、に因《よ》るだろう。

疎石が山水河原者と呼ばれた水辺の民を動員して創造《つく》ったのが、この寺の庭園である。

西芳寺の庭園を見本に、足利義満《よしみつ》の金閣、同義政《よしまさ》の銀閣はつくられた。疎石と山水河原者はこの寺の庭園でいくつかのあたらしい試みをおこなった。

庭園の序曲と言うべき美しい植栽の参道。

池泉式庭園と、枯山水、二段構えの庭。

おとずれる人々に池を回遊させ、立つ位置によって、様々な表情《かお》を見せるよう思案された庭木や石組。

これらは全て後代の日本庭園の特徴と言われるようになってゆく——。

宝暦八年十月二十日（今の暦で十一月下旬）。

滝坊椿は、苔寺は黄金池《おうごんち》の畔《ほとり》にいた。

池の中島――霞島《かすみじま》で、モミジが色づいている。

赤や黄色、蜜柑色《みかんいろ》の落葉が、抹茶色の苔におおわれた地表に落ちていて、青寂《あおさ》びた禅寺の土を華やかにいろどっている。

一瞬、モミジにからめ捕られた椿の視線だが、やはり苔に吸いよせられる。

（この寺が苔におおわれたのは、寛永《かんえい》、元禄、二度の洪水の後やったとか……）

自分が立つ土は勿論、そこかしこの樹々の皮、島に通じる橋、木陰に蹲《うずくま》る石の一つ一つに青い苔がおおいかぶさっていた。ある所では石からにじみ出た錆《さび》のように、またある所ではふかふかの布団のように、別の場所では得体の知れぬ緑の密雲のように、苔どもは息づいている。それは全て別の苔に思えたし、また逆に……一つの意志をもった、巨大な生命《いのち》のようにも思えた。

椿は馬酔木《あせび》の老木の近くにあった一本のモミジに目を留める。

「これにしよ」

花鋏《はなばさみ》をにぎった椿は、僧に振り返る。

「この枝もらって、ええどすか？」

「勿論です」

僧は首肯した。

今日、苔寺の、湘南亭《しょうなんてい》で、茶会がある。苔寺の住持と、その親友である舜海、そして出入りの商人、さらにこの寺の苔の生態についてしらべている幾人かの本草学者がまねかれている。

椿はその茶席で花を生けることになっていて、花材としてつかうモミジを、西芳寺の庭で採ってよいと言われていたのである。

「美人が生けたからだろうか？　そこに凜《りん》と生けられたモミジの姿……なかなかいいものですなあ」

その本草学者は茶席など初めてらしい。黒い十徳に、緑色の袴《はかま》をはいていた。巌《いわお》が如きがっちりした体型で、顔は四角い。作法など気にせず豪胆な所作で抹茶をすする。

椿は人の名を覚えるのが得意でないが、たしか、小野蘭山と名乗った気がする。

（蘭山、蘭山……どっかで聞いた覚えがあるんやわぁ、うち。そやけど何処《どこ》で聞いたか思い出せん）

生成り色の地に赤や黄色の蔦紅葉《つたもみじ》が描かれた着物を着た椿は、父、舜海と並んで茶室に座していた。舜海は品が良い栗色の十徳をまとっている。

茶亭・湘南亭は黄金池の南にある。

四畳《よじょう》台目《だいめ》の茶室の北には板敷の露台——月見台。月見台は夜空に浮かぶ月でなく、黄金池に落ちた月影を愛《め》でるものという。

蘭山が、

「赤一色ではなく、青モミジが赤に変る、その中途の枝をえらばれた炯眼《けいがん》が素晴らしいのだ」

感嘆する。

椿は、一つの枝に青葉、黄葉は勿論、夕焼けの色に染まりはじめた葉も、もっと濃く、一度見たら忘れない程の真紅に染まった葉もある枝を、生けていた。その枝には、たった一枚の中に季節の移ろいが凝縮されて、葉柄に近い所は青いのに、五つに裂けた葉先に近づくと黄や橙《だいだい》に色づいている葉もある。あるいは葉柄近くは黄色いのに中央脈と葉先は目が覚めるように赤い葉も……。

その花瓶に立ったモミジを目を細めて眺めながら、蘭山は語る。

「いやはや、草木の効能、乃《すなわ》ち薬効などを探究するのが、本草学者の役目。このモミジを見て心にたまっていた汚れがあらい流され、力が湧いた。これもまた草木の効能の一つであろう。……近頃、都に、草木の妖しげな効能を、訳知り顔で講釈し、人心を惑わす不逞《ふてい》の輩《やから》がいたりするゆえ……」

「……え？」

椿が首をかしげる。

「そんなこんなで、近頃ふさぎがちだったのじゃが……椿殿が生けられたモミジに、救われた気がする。礼を申します」

「そないにほめてもらって光栄なこっとす。おおきに」

舜海が、身をのり出す。

「蘭山先生。草木の妖しげな効能を訳知り顔で講釈するとは……いかなる輩なのです？　興味がありますな」

真剣な面持ちで問うた舜海に、蘭山は、

「男と女の二人組です。男は、色白の優男で、とにかく口が上手《うま》い。もっともらしい話をするのが、得意なのです。女は……椿殿のように樹の名を名乗っておりますが、全く印象は違います。しょうもない、じゃじゃ馬です。茶席で語るような連中ではありません」

「木の名前……しょうもない、じゃじゃ馬」

自分の知った人について語っているのではないかと思う椿だった。

微笑を浮かべて話を聞いていた住持が、言った。

「蘭山先生、洪隠山《こういんざん》の方に、この庭で見たこともない苔が、あるのや」

「ほう。気になりますな。是非、茶席の後、行ってみましょう」

蘭山は、目を輝かせている。

蘭山の目に灯《とも》った火は、妖草と相対する時の重奈雄の双眸《そうぼう》を、椿に思い出させる。

（重奈雄はん……能登屋はんの一件以来、あってへんなぁ……）

かつらはその間も重奈雄の隣に暮しているのだ。

椿は茶室で、唇を嚙《か》む。

（うち、こないなことで大丈夫なんやろか？　シゲさんとの祝言も——何か宙ぶらりんになっとるし……。

ああ、もう、かつらはんにでなく、自分に腹っ立つわぁっ）

父が、隣で、

「じゃじゃ馬とは印象が違うとおっしゃったが……この椿も相当なものですぞ。それは、この娘をよく知れば、おわかりになるはず」

——何言うとるの、家元、という目で、椿は破顔する舜海を睨む。

茶亭を出た一行は黄金池の東岸を通って北にむかう。

錦《にしき》が如く梢《こずえ》をはなやがせた落葉樹と、地表をやわらかくおおう碧苔《へきたい》、囀《さえず》りながら嘴《くちばし》を苔に突き入れる小鳥たちの姿が、目を楽しませる。

洪隠山に、近づいてきた。

洪隠山とは西芳寺の北側にある小山である。

土木技術に卓越して朝廷をささえた渡来人、秦氏《はたうじ》の墓所があった場所で、枯山水の庭園になっている。

池泉庭と枯山水の境には——向上関《こうじょうかん》なる門がつくられており、その門をくぐった先は、石畳がしかれた、九十九折《つづらおり》の急峻《きゅうしゅん》な山道になる。苔深き樹にかこまれた山道を椿たちは登る。

重奈雄に会う口実を何とかつくれまいかと考え事をしていた椿は、ふと、隣を歩いているはずの舜海がいなくなっていることに、気づいた。

顧みる。

栗色の十徳をまとった舜海は少し後ろを歩いていた。野山に入り、自ら花を手折る舜海の足は丈夫なはずである。が、歳《とし》のせいか、一緒に歩いている内に椿よりもおくれてしまったようだ。

父と共に外出する機会が少ない椿。

この前よりも、父の足の力が、がくんと落ちてしまった気がして……寂しさが、胸に突き刺さった。

「どうした、椿」

椿の一段下まできた舜海は微笑している。その顔の皺《しわ》も、以前よりふえた気が……。

「ううん、何でもありまへん」

頭を振った椿は、もう少し歩速をゆるめ、父がおくれないように心がける。

開山堂の近くまできた処で、蘭山が話しかけてきた。

「わしの存ぜぬ苔が、あるか、否か……目を皿のようにして歩いてきたが、今の処なかった」

驚きが椿の目を丸くする。

「……全部知っとる苔どすか?」

「――ふ」

少し得意そうに笑った蘭山は、

「本堂の四囲には、杉苔が多い。庭に入ると、程よい湿り気、暗さが作用しているのか、美しい檜苔《ひのきごけ》、カモジ苔。水辺には水苔が多い」

「あの……瘤《こぶ》のような、小山のような、何やろ……せわしない人の心をほっこりさせる苔、あれ何苔どすか？」

椿が、木陰を指す。

その苔は丸くやさしい数知れぬ塊をつくって肩をよせ合っていた。

「……よくぞ、訊《たず》ねて下さった。

あの苔がこの世で一番好きな苔なのじゃ」

蘭山は嬉しそうに目を細めて、言った。

「たまに、他の苔を気に入っても……気がつくと、あの苔が気になっておる。必ずかえってきてしまう。そういう苔です」

「あの苔の名はわしでも知っておるぞ、椿」

舜海が言葉をはさんだため、蘭山が、

「どうぞ家元」

「饅頭苔《まんじゅうごけ》でしょう？」

「ええ、山苔とも言います」

「饅頭苔……知らんかった……。ほんに、それしかありえまへんゆう名前やなぁ」

感心する椿に、舜海は厳しい面持ちをむける。

「椿。苔むした木を——立てることもあろう。苔についても、恥をかかぬ程度には習熟しておる必要があろう」

「……気ぃつけます。これから、勉強しますぅ」

先導していた住持が不意に足を止める。

「蘭山先生、あの苔ですわ」

住持は、一本の檜に近づいた。

椿や蘭山たちも、その樹に歩みよっている。

老いた檜は、幹のそこかしこがささくれ立っていて、茶色い樹皮《かわ》が、上にそったり、下に垂れたりして、はがれかかっていた。庭師が手を入れた痕《あと》があり、枝を切られた丸い傷口がいくつかみとめられた。その傷口の縁の部分は白っぽく変色していた。

住持が指摘するのは、左様な傷口の、ある一つ、取り分け大きい奴の下に出来た窪《くぼ》みだ。

その窪みに——苔なのか、キノコなのか、判然としない妖しげな植物がふさふさとそだっていた。

大きさは杉苔くらい。

葉は、ない。灰色の茎、ないしは柄と呼ぶべきものが、檜の窪みから直接のびていて、先端部分に黄色い球体がついていた。気になるのは……幾匹かの羽虫と、一匹の小蜘蛛《こぐも》が、この黄色い球体にくっつき、屍《しかばね》となっている処だ。

「たしかに興味深い。初めて見る苔じゃ」

蘭山は四角い顎《あご》に手を当て、首をかしげている。

――その時である。

奇妙な苔に、面を近づけた椿は、ひんやりした何かが鼻や頬にふれた気がした。

（……妖気？　かなり微弱やけど）

ということは、

（これは常世の苔？）

妖草だと警告を発さねばいけない気がする。しかし、椿が思うに、この場で妖草についての知っているのは、舜海だけなのではないか。だとしたら、妖草とは何か、常世とは何か、その基本の処から、ここにいる人々に話さねばならない。それは一歩間違えば失笑や反発をかってしまう作業なのだ。心してかからねばならないと、椿は感じた。舜海は娘の只ならぬ様子に気づいたようだ。が、何も言わず、じっと椿を見つめていた。

椿が妖草について語り出す機をうかがっていると、住持が、

「この苔がな、あこに見える石組み登った先に、仰山生《ぎょうさん》えとるのや。虫も仰山死んどる。何やら気味悪うてなぁ」

「きっと……捕虫する習性があるのじゃ。これらの虫から養分を得ておる。だが、毛《もう》氈苔《せんごけ》とは違う。……ともかく、その大群生を見てみましょう」

武者震いする蘭山の横で、群生地の妖気をたしかめてから告げるのでもおそくないと思う椿であった。

椿たちは夢窓疎石が、石組みした、枯滝の下まできた。

苔むした岩どもが、雄々しく重なり、水がない瀑布《ばくふ》を形づくっていた。

そこに立っていると、ありえない水音が聞こえ、あるはずもない飛沫《しぶき》が、見えそうであった。疎石は、木下闇《このしたやみ》の斜面に、遣水《やりみず》をつかわず、岩を重ねるだけで、集合した山水が、巌と巌の間を切り裂き、轟《とどろ》きを上げながら、里に駆け下ろうとする様を、描いていた。

その下に椿らは立っている。

妖しい苔は、枯滝の上方に茂っているという。

蘭山と住持を先頭に、枯滝の横を登った。

「あそこや」

住持が指す。

たしかに——岩と岩の間に、さっきの苔がびっしり群生しているではないか。

「おお」

蘭山が、駆け出す。

刹那、椿は、強い妖気を覚えた。

「蘭山はん——」

椿が警告した瞬間、蘭山が、

「ぐわぁぁっ」

派手な叫びを上げてぶっ倒れた——。

「蘭山はん、大丈夫？」

椿が駆けよる。

（今、苔の手前で……？）

蘭山の腕からは血が流れ、袴もばっさりと横に切れ、足からも流血が見られた。

強い妖気を椿は間近に感じている。

「みんな、この苔に近づいたらあきまへんえ。この苔は常世の苔どす。今、妖草師呼びますさかい、その者がくるまで、この苔、抜いたりしたらあきまへん！」

岩どもが幻の水音を奏でる山林で、椿は叫んだ。

「妖草師――」

そこで絶句した時、苦痛に歪《ゆが》んでいた蘭山の面貌《めんぼう》に、体の傷だけでなく心まで傷ついたような衝撃波が、走った。傷口の周囲はかぶれはじめていた。

数刻後――

「夢窓禅師にとってこの庭は単に目を楽しませるものではなく、修行の場であったはず。たとえばあのような上が平らな岩の上で、禅をくまれたのでしょうな」

枯葉色の小袖を着た、その男、庭田重奈雄は枯滝の傍に立っていた。

「その通りや」

住持が答える。

あれからすぐに小僧が走り、重奈雄、そして小太刀を帯に差した娘、かつらが呼ばれたのである。今日のかつらは――男装だった。戦いを予期してきたようだ。

「おい重奈雄、そんな講釈と、虫を捕る苔に何の因果があるというのか？」

すねたように苔石に座っていた蘭山が包帯を巻いた腕を大袈裟《おおげさ》に振る。蘭山の赤いかぶれはさっきより拡大している。

かつらが、

「怪我人《けがにん》をあざけるのは本意でないが……お前、馬鹿か？　ちょっと考えたらわかるだろう。妖草は——人の心を苗床にする。ここが、どういう心持ちの人があつまる場所なのか、そこをふまえねば、妖草が引き起す怪異を解決できないだろう」

「……むう」

「そういうことだよ、蘭山」

重奈雄が、微笑する。悔しげに髪を掻き毟《むし》る蘭山と、悠然と佇《たたず》む重奈雄の間を、椿の目が動く。今思い出したが、重奈雄の話の中で蘭山の名を聞いたことがあったのだ。

「重奈雄はんと、蘭山はんは、知り合いゆうことで……よろしい？」

「ああ。深泥池に出た妖藻《ようそう》を共に捕った仲だ。そう言えば蘭山、綾さんの様子はどうだ？」

「まだ……他の門人と話す時にぎこちない。だが、鳥についてあらたな知識を吸収する時は、目を輝かしておる」

「……よかった。さて、苔に話をもどそう。この苔自体は大した妖草ではない。かつら、さん、わかるかな？」

かつらはシャキンと胸を張り、こほんと小さく咳払《せきばら》いして、

「……ええ。モヤシ苔ですね」

馬鹿丁寧なかつらの態度を見た椿が、足元の苔に小声をぶつける。

「似合わんわ、そないな言い方」

きっとなった、かつらが、

「何か言ったか？　椿」

「いえ、別に」

「モヤシ苔の説明をつづけてくれ」

うなずいたかつらは、額に青虫が如き血管を浮き立たせて椿をもう一度睨んでから、説明を再開した。

「モヤシ苔、その名は何処となくモヤシに似ていることからつけられた。いじけた気持ちを苗床にする妖草……」

「いじけた気持ちか。座禅をくんで、あまりいじけた気持ちになる僧はおらんと思うが」

住持がぼそりと言う。

「人の世に出てくると、そのいじけた気持ちを吐き出したいのか……」

皮肉の一瞥《いちべつ》を、かつらが、椿にあびせる。

(何が一応休戦や！　どの口が、休戦、言うたんや)

むっと赤くなった椿は腕をくんでいる。

「周囲の小虫を引きつけ、動けなくして殺《あや》めるという、無用な殺生をくり返す。特に虫を養分としている訳でもないのに、殺めてしまう」

「対処法は？」

答を知っている重奈雄が、訊ねる。

「銀の小刀で掘り起す。素手でさわると、その手に種子《しゅうじ》がつき、他の場所にモヤシ苔が現れるかもしれない。必ず、銀の小刀で掘る」

「――正解だ」

かつらは涼しい一重の目を満足げに細めて、一度大きく息を吸った。妖草師として着々と実力をたくわえている事実を――見せつけられた気がした。椿は今日何か活躍しなければ、かつらの存在がどんどん大きくなり自分が圧迫されるような危機感を覚えた。

重奈雄が、

「今、説明があったように、あまり大きい危害をくわえる妖草ではないのです。ただ、虫一匹とて、かけがえのない命……。この苔が虫を養分としているなら、致し方ないが、そうではないのに、虫を殺めつづける。命を大切にする禅寺に、ふさわしくない苔と思います」

住職は、大きく首を縦に振っている。

「ちょっとまて」

蘭山が立ち上がった。

「大した危害をあたえない妖草と言った」

「ああ」

包帯を巻き大いにかぶれた腕を、重奈雄に突き出す。

「このわしの傷は、何なのじゃ？」

「――そう。まさにそこが、今日の問題なのだよ蘭山」

重奈雄の双眸から、冷光が放たれた。

「俺はお前に傷をつけたのは別の存在《もの》だと思っている」

「何じゃと……？」

瞠目《どうもく》する蘭山に、重奈雄は、

「お前は、モヤシ苔からややはなれた所で倒れたんだろう?」

「……うん。いや、そんなにははなれていなかったと思うぞ」

蘭山は、重奈雄が導きたい結論から少しでもはなれたいようであったが……その本草学者の心理が妙によくわかる椿は、冷静にさっきの状況を思い出す。

「いえ。蘭山はん……少なくとも一間《いっけん》以上は、モヤシ苔からはなれてはった、思います」

「……そうだったかな。椿さんが言うなら間違いないかもしれぬ」

椿が辺りを見まわす。

「そやかて、重奈雄はん、モヤシ苔以外に、ここらにけったいな草、生えとらんように思うんやけど」

「うむ。妖気の具合はどうだ?」

「強い妖気、感じます」

「どの辺りから?」

椿の目が閉ざされる。

研ぎ澄ました意識が、自分の皮膚《はだえ》に接触してくる妖気に、むけられる。

蘭山が倒れた辺りに非常に強い妖気が横に走っている気がした。——冷たい火花を散らし、殺意すらこもっている気だ。その妖気の向う、岩と岩の間に、朧《おぼろ》な妖気がかたまっている。

椿はありのままに重奈雄につたえた。

重奈雄は指を唇に当てて、話を聞いている。その仕草が、椿には、やけに艶《つや》やかなものに思えた。

しばし黙していた重奈雄が、

「面白い。ここには、二種類、常世からきた草《もの》がある。一つはモヤシ苔。これは、目に見えている。

いま一つは——不可視の妖草。けんむん」

「けんむん……」

人々が息を呑む。

けんむん——奄美《あまみ》大島に現れたという、植物の妖《あやかし》である。ガジュマル、雀榕《あこう》の木などの悪霊で姿は見えず、人間を刺し、ひどい腫物《はれもの》を起させたという。一説には河童《かっぱ》が如き姿形とも言うが、目撃した人はほとんどいないため、不可視の森の妖と考えるべきだろう。

「椿、蟻通《ありどお》しについては知っているな？」

重奈雄が問うと、

「赤い実がなる小さな木や。金子《きんす》が有り通し、ゆう意味で、正月の縁起物で、立花や生花《しょうか》につかいます」

「そうだ、蟻通しの名の由来は？」

椿が答につまると、舜海が代りに答えた。

「蟻の身を貫き通すような鋭い棘《とげ》が、あるゆえ、その名で呼ばれる」

植物の専門家たる蘭山がつけ足す。

「主に関八州以西の国々の、海に近い森によく見られる低木じゃ」

「うむ。けんむんは――蟻通しによく似た棘を生やしておる。蟻通しは木だが、けんむんは草。だが、一万人に一人にしか……その姿が見えぬ。こういう妖草はなかなか他に例がないが、姿なき妖草なのだ」

椿をはじめ、そこにいた重奈雄以外の人は冷たい唾《つば》を呑んだ。

かつらが、説明を引きつぐ。

「また、けんむんの棘は、蟻通しの三十倍から、五十倍、硬い。茎も強靭《きょうじん》。ひどいかぶれを引き起す」

「おいおい、人を殺せる草でないか……。いや、そんな草があるとすればな」

初め苦笑いを浮かべた蘭山は、皆の面差《おもざ》しが思いの外、真剣なので、一語一語区切るように言った後、口をつぐんだ。

「うちが岩と岩の間に感じる弱い妖気が、モヤシ苔の妖気で、その手前に在るように思う強い妖気、これが目に見えへん、けんむんの妖気ゆうこと？」

椿が重奈雄の話を整理すると、白皙《はくせき》の妖草師は、

「そういうことだ。この辺りに、強い妖気がある？」

椿にたしかめながら重奈雄が指を突き出す。

指が、止る。

重奈雄の白い指先で瑪瑙《めのう》の小玉のように血がふくらむ。

ある大きさまで膨張した血玉は、山気の外圧に押されて、小さく身震いすると一筋の流血になって掌に落ちていった。

椿の両眼には重奈雄の指が何もない所で出血したように見えたが、彼女の第六感は、妖気と重奈雄が接触したことで、血が流れたのを、正しくわかっていた。

「目には見えぬが、ここにけんむんがあるようだ。ちなみに誰かこの妖草が見える御

仁は？」

　全員、首を横に振る。

「それは……厄介だな。まあ、それは置いておいて、今回の事件が何故、起きたか考えましょう。妖草妖木は他の妖草妖木を呼ぶ習性がある。しかし、自分より遥《はる》かに力が強いものを常世から呼ぶ例は、少ない」

　重奈雄がつづける。

「モヤシ苔と、けんむんは、全く格が違う」

　けんむんがあると思われる場所をくぐり抜けた重奈雄は、懐から出した銀の小刀でモヤシ苔を取ってゆく。

「けんむんの方が遥かに恐ろしい害を人の世に引き起す。となれば、初めにモヤシ苔があったのではなく、けんむんがあり、この妖草の影響でモヤシ苔が呼ばれたという仮説が成り立つ」

「けんむんの苗床となる心は？」

　蘭山が問うと重奈雄はしばし黙している。やがて、

「特別な出方をする妖草でな。妖木化した古い樹と、ある特定の人の心——恐れと不安が重なった時、現れる。通常の妖草は人の心を苗床とするが、けんむんは妖木とい

う条件までくわわらぬと出てこない」

　着生植物が自分を養育する樹を必要とするように、けんむんは人間界にみちびく土台として妖木を欲する。

「しかし大変、繁殖力が高く、一度はびこると妖木を必要としない。しかも、動くこともできるゆえ、株がふえてモヤシ苔まで人間界《こちらがわ》に出てきたんだろう」

「どないして刈ればええの？」

　椿が問うと、重奈雄は険しい面差しになった。

「……けんむんは、二つ厄介な特性をもっている。かつらさん、何だ？」

「一つ、姿が見えぬこと。一つ、これを折れば、苗床となった人の心を、傷つけてしまうこと」

「――そう。何本ものけんむんを折ったりすれば、深い心の傷が生じ……その人は死んでしまうかもしれない」

　椿は、絶句する。舜海が、

「……解決策は？」

「まず、最初の一草をさがします。その傍に苗床の心をもつ者がいるはず。さっかけとなった心を治癒し、根元の問題を解決すれば――けんむんは自《おの》ずと枯れます」

寺域は勿論、背後に展開する西山の山岳地帯を捜索する必要性を、重奈雄は挙げた。

と、住持が、

「ここから真西に行った山中で、樵《きこり》が何もあらへん場所で手足が傷ついたゆう、けったいな話、聞いた記憶《おぼえ》がおます」

「いつぐらいの話ですか？」

「二、三ヶ月前の話や」

「妖しいですな。その場所に、行ってみる価値はありますな」

重奈雄は言った。

時節柄、日が落ちるのは早い。住持の話によると奥山に少しわけ入った地点だという。よくよく吟味した結果、重奈雄らは西芳寺に泊り、明日の早朝、件《くだん》の樵を道案内に西山を捜索するのがよいという結論に、落ち着いている。

さらに重奈雄は真摯《しんし》な面差しで椿の助太刀《すけだち》をこうた。

「明日の捜索では、天眼通の持ち主たる椿の助力がかかせぬ。是非、もてる力で姿なきけんむんを見切ってほしい」

「……わかりました」

重奈雄が、

「家元、よろしいですか？」

「勿論」

自分にそそがれるかつらの視線を感じる。かつらが、かすかに、口元をほころばせた気がする。

――どうあっても明日、初めのけんむんを発見してみせると決意する椿であった。

かくして舜海は五台院にかえったが、椿は西芳寺に宿泊。重奈雄を支援する形になった。


喉を掻き毟って押し出したような、雉《きじ》の鋭声《こえ》がひびいた。山気に不穏なるものがまじっているのを警告する声である。

西芳寺に一泊した重奈雄たちは、今、西山の山林を捜索している。

この西山の山岳地の東が京、西は丹波国になる。

シイ、樫《かし》を中心とする常緑の青い葉群《はむら》が展開し、所々に、黄色く色づいたクヌギや栗の木が見られる。青竹が進出している場所もあった。

樵、重奈雄と蘭山、椿とかつらで、言葉少なに山中を歩く。

リンボクやカクレミノなど低い木の枝葉を樵が鉈《なた》を振って払ってゆく。重奈雄ら四人は、護身用の杖《つえ》を所持していた。相手は移動して人を傷つけることも出来る姿なき妖草なのだ。

水音が、した。

渓流に近づいているようであった。

と、葉群の半ばを小判のように黄化させたエノキの樹下で、樵が立ち止っている。

皺深い老練な樵は重奈雄に振りむく。

「この辺りやったと思います。そう、そう、川にむかって少し下った所や」

「妖気は？」

重奈雄が椿に訊ねる。

椿は、少しふっくらした頬を硬化させ、うつむいた。瞑目《めいもく》し——意識を集中しているようだ。こういう時、重奈雄の中には妖草妖木を見切る異能《ちから》——天眼通をもたぬ己を恥じる気持ちが湧いてくる。だが……天眼通は望んで手に入るものではない。重奈雄は天眼通を得たいと思い、人知れず修行した覚えがあったが、実をむすんでいない。それは天が配剤した特殊能力なのだ。

重奈雄としては、手がとどかない力を得る、辛《つら》い努力をつづけて時間を浪費するよりは、妖草経、妖木伝をそらんじるくらいまで読み込み、対処法がわかっていない妖草を刈る術を工夫することに、力をかたむけた方がいいと思っていた。

重奈雄は妖草師は出没した妖草と対決するだけではいけないと考えていた。

対処法が未知である妖草を駆逐する工夫や、人材の育成――乃ち、かつらの育成――など、将来を見据えた貢献をしないようでは、一人前の妖草師と言えない、というのが重奈雄の意見なのだ。重奈雄はかつらが隣にいることを、椿がこころよく思っていないことをわかっていた。だが一方で江戸を騒がす妖草から人々を守るため、後進をそだてねばならぬという義務感をいだいていた。

椿といると重奈雄は――己が妖草師であるのを忘れられる。

椿は重奈雄の心を自然に落ち着かせる何かをもっている。

だから、椿にはできれば不安をもたないでいてほしい。そして今、重奈雄は、妖草を駆逐するために、椿が傍にいることが、素直に嬉しい。その一方で椿の天眼通を目《ま》の当りにすると、天眼通をもたぬ自分が、腑甲斐《ふがい》なく思え、苦い気持ちになる。

そんな複雑な気持ちをかかえた重奈雄だった。


目を閉じていた椿。

ゆっくり、眼が開く。椿が数歩踏み出す。

小さく叫んだ椿は、体をびくんとさせて、急激に立ち止った。

「どうした？」

「妖気どす。……何本かおる」

「慎重に、前進しよう。激しく叩いてはならんぞ。軽く振り払う分にはよい」

杖をもった仲間たちに、重奈雄は指示する。重奈雄を先頭に、アオキや八手《やつで》、シダ類が茂る斜面を水音にむかって降りる。

「シゲさん、足！」

椿が警告を発すると同時に、痛撃が、重奈雄の足を叩いている。

鋭い痛みが両脛《りょうすね》に走ったため、重奈雄は思わず尻餅《しりもち》をついた。

重奈雄が足の傷を手で押さえた時、八手の茂みがゆさゆさ音を立てた。重奈雄の足を襲った透明な草はそこに隠れたようである。

椿は、第二の攻撃がないか、油断ない目を山林に走らせる。

刹那――何かを感じた椿は、かつらの頭上に杖を突き出した。

ビシッ！

空間を豪速で薙《な》ぎ落ちてきた何かが、椿の杖とぶつかる。

「――あ」

「借りが出来たな」

かつらが言うと同時に、椿が、

「今度はうちに……」

――！　――！　――！

椿の胸めがけて殺到する複数の風音を重奈雄の鼓膜は感じている。

いそいで、杖を突き出す。

重奈雄、そして、かつらの杖が、椿を守るように動いた。台風に殴られるような衝撃が杖と腕を走った――。けんむんは、椿こそもっとも注意すべき敵と感じ、彼女を狙って、何本もが一気に仕掛けてきたようなのだ。

それを何とか重奈雄とかつらで、ふせいだ。

（おのれ、けんむん！）

重奈雄は熱い泥を顔に引っかけられたような気持ちになった。妖草に侮辱された気がした。沸騰する怒りが、重奈雄のととのったかんばせを歪める。

阻止された妖草が、別の場所へ動く音がする。

樵は異様な事態を前に鉈を構え、杖をすてたかつらが小太刀に手をかける。

「シゲさん。ここまで手強《てごわ》い敵だ。抜刀して構わないか？」

「駄目だ。刀で切れば……この妖草を呼び出した者が、命を落とすかもしれん」

「しかし我らが討たれたら元も子もあるまい！」

かつらは、厳しい声調で言った。武家の町でそだった者の強さが凜とした声にこもっている。

重奈雄もまた鋭い眼差《まなざ》しをかつらにむけ、ゆっくりと頭《かぶり》を振った。

椿が、

「――うち思うんやけど……妖草経読んで、妖草と戦うだけが妖草師やないと思う」

「…………」

かつらだから言っているのではない。相手が何人《なんぴと》であろうとも、同じ言葉を口にしたのがわかる、真摯で静かな声音だった。

「妖草や妖木呼び出した人の心、癒《いや》すのも……妖草師の大切な役目なんや」

「椿の言う通りだ。俺たちが、一時の憎しみや危機に我をうしない、妖草を呼び出す傷ついた心を、えぐったり、壊したりしてはいけない。それでは本末転倒。

――妖草師の名が廃《すた》る。

奄美では……けんむんは木の悪霊と考えられているが、そうではない。妖木と人の心が作用し合って呼び出される。その人の心を俺たち妖草師はしっかりと見据え、受け止めねばならぬ」

「あたしが間違っていた」

かつらは素直にみとめた。そして、刀から手をはなし、さっきすてた杖をひろう。

「シゲさん、首をっ」

椿の声が飛び、重奈雄が杖で自分の首を守る。椿の杖も重奈雄の頸部《けいぶ》を守るように突き出され、激しい衝撃が二本の杖に走った——。

重奈雄の首に棘がついた不可視の茎が横薙ぎしてきて、それを辛うじて二本の杖が食い止めたのだった。

重奈雄と椿がうなずき合う。

山気は冷えていたが、二人の額には玉の汗が浮いている。

「かたじけない。椿のおかげで……命をひろった」

妖草の動きを正確にわかっている椿は、

「ええの。まだ、油断したらあかん。この妖草、あきらめてない！」

刹那、ギリギリと異様な音がして、重奈雄は自分がもつ杖を圧迫してくる強い力を感じた。敵は、体をねじりながら杖を押しのけ、重奈雄の首を刺そうとしているようだ。

蘭山もくわわる。

「こう、押せばいいか」

「これでもまだ信じないと?」

「その話は、後じゃ。重奈雄」

かつらもくわわり、四人の力がけんむんを押し返す——。重奈雄と蘭山、椿とかつら、個々の関係に目をむければ、心の溝、立場の違いがある四人だが、今、一つの怪事に力を合わせて立ちむかう中で、その溝が少しずつだが埋まってゆく気がした。

四人を押してくる圧迫力が不意に弱まって重奈雄たちは前にどっと転びそうになった。

「妖気がしりぞいてゆく」

椿が、言った。

「その妖気を追おう。そこに、苗床となりし者の痕跡《こんせき》があるはず」

重奈雄の言葉に、椿たちは首肯する。

先頭を重奈雄。つづく椿が、後退する妖気を天眼通で追い、進行方向を指示する。

烏瓜《からすうり》が篠竹《しのだけ》にからみつき赤い果実をぶら下げている。その実と蔓《つる》を、重奈雄の杖が押しのける。

頭上で鶸《ひわ》や雀《すずめ》が鳴きながら飛んだ。水音が、近づいてきた。

不意に明るくなり木立を抜けた。

半ば枯れた葦《あし》が、何かに打ちひしがれた顔付きで、茂っていた。葦の群生の向うに、小さな流れがある。

「妖気は川向うからする」

後ろで椿が囁《ささや》く。

注意深く重奈雄の杖は葦を払いのけた。一跨《ひとまた》ぎできる水の流れの下に、掌におさまるくらいの小石が、しきつめられていた。

五人は渓流をまたいでいる。

対岸は、裏白《うらじろ》というシダが緑の濁流のように茂った斜面で、欅《けやき》やイロハモミジといった落葉樹が、黄金色《こがねいろ》に色づいていた。それらの落葉が、空中で日差しに射貫《いぬ》かれて光る様は、天界の眩《まばゆ》い御殿の一部が剝《は》がれ落ち、輝きながら地上に落ちてくる光景に思えた。

岩壁があり、洞窟《どうくつ》がみとめられた。

洞窟の少し上には天を突くほどの欅の古木が、突っ立っている。

「あの樹、強い妖気が……」

「随分、古い樹だな。木魂《こだま》をまとった樹だ。けんむんを呼んだ樹であろう」

重奈雄が、目を細める。

椿の杖は真っ直ぐに洞窟を指した。

天眼通によると――妖草は、洞窟の前面に集中しているようである。重奈雄が、

「俺、蘭山、かつらさんで、三方向からわかれて、洞窟に近づく。椿は三人の後方に立ち、けんむんの動きをおしえてくれ。ご老人は椿の背後を守ってほしい」

椿を司令塔として三人が動き、樵は椿の後ろを守るという陣形を、くみ立てる。

重奈雄たち三人は扇のように広がり、三路から洞窟に近づいている。

五人が黙すと、山林は鳥声と水音がするばかりとなった。

洞窟に三間ほどの場所で重奈雄は静止した。重奈雄が止ると、蘭山、かつらも、それにならう。

「誰かいるのか?」

重奈雄が、問う。

答はなかった。

椿が、

「洞窟の入り口に、けんむんがほとんど壁のようにかぶさっとる」

それはたしかに畏怖《いふ》すべき壁であったが……その背後に重奈雄は、恐れや、不安がある気がした。それらはまさにけんむんの苗床となる感情だ。

一歩、近づく。

すると洞窟の中からほとんど叫ぶような声が、重奈雄らに叩きつけられた。

「――よるな！」


作次郎は、自分にむかってこようとする者たちに、洞窟の内側から吠《ほ》えた。久しぶりに発声した気がする。

丹波の家を出て、一年。

作次郎は亡き父が山仕事の折に着ていた熊皮の衣をまとい、山中で生きてきた。木の実や山菜を採り、川魚《さかな》をつかまえ、石と木でつくった道具で獣を捕り、喰らってきた。人に見つかりそうになる度に隠れ家をかえた。この洞窟を拠点としてからは、半年ほどたっている。

「わしに近づくと怪我する！　わしの近くには……目に見えへん、お化けがおるんや。死にたくなかったら……わしの傍にくるなっ！　ほっといてくれ」

作次郎は夢中で吠えた。

お化け――を意識したのは、五ヶ月ほど前。

山桑《くわ》の実をつんでいた作次郎は、山中で猪《いのしし》に遭遇した。猪は、怒れる疾風と化し、作次郎に突っ込んできた。

その時である。目に見えないお化けが、作次郎と猪の間に現れ、猪を徹底的に傷つけたのは。

猪は片方の目から血の涙を流し、頰や首、前足からも、目に見えぬ矢をあびたように夥《おびただ》しく流血した。それでも猪は後退を知らない。前へすすみ、作次郎を襲わんとした。

作次郎は――異様な音を聞いた。

ねじられた木の枝が上げた、悲鳴が如き音である。何か長いものを引きずるように猪の傍にある下草が蠢《うごめ》いていた。

その音と蠢きが、激しくなればなるほど、猪の体は壮絶に傷ついてゆく。作次郎はお化けの群れが彼を守るために魔性の力で猪と戦っているのを知った。

以後、お化けは幾度も、作次郎を守っている。

手負いの熊に襲われた時、その熊の両目を潰して駆逐した。

三人の山賊に遭遇した時、その三人の首に巻きついて――。ただ、怖くて夢中で逃げたから、山賊たちがどうなったか、作次郎は知らない。

　元より下山するつもりはなかったが、作次郎は自分は人里で暮してはいけない人間だと思った。もしそうすれば、周囲にいる人を殺めたり傷つけたりする。丹波の家よりも、もっと快適であたたかい人里《ところ》があるならば……そこで暮したいと願ったが、これから先、一生、山中で暮してゆくしかない気がした。

　その作次郎が暮す洞窟に、重奈雄たちはやってきたのである。


　山風が吹き裏白の葉群が悲しく波打っている。

　妖草に守られた穴から、聞こえた、少年の声は、重奈雄らの面差しをより一層硬くしていた。

「お前は今、お化け……と言ったが、お前の周りにいるのは妖草と言って、常世と呼ばれるもう一つの世界からきた草だ」

　重奈雄は、語りかけた。

「人の心を苗床として、こちら側に芽吹き、様々な怪異をなす。お前が呼んだ妖草・けんけんむんは恐怖、不安を苗床とし、人々を傷つける。もうこれ以上、誰も傷つけたくないと思うなら、お前はその二つの心に支配されるのを……やめなければならない！」

「…………」

「どうして人里をはなれ山中にいる？」

長い黙《もだ》の後——暗がりで、人が蠢く気配があった。

ややあって、子供が一人、洞窟から出てきた。乾き切った泥でくたくたになった熊皮の衣をまとい、木蔓を帯代りにした少年で、面貌は泥のはね返りや垢《あか》で汚れている。双眸は野生獣が如く鋭い。

「名前は？」

重奈雄が問うと、

「……作次郎」

「作次郎。どうして、こんな山の中にいたんだ？　父御や母御は？」

「……お父ちゃんは死んだ。伊兵衛は、お母ちゃんがつれてきた伊兵衛は……わしを殴る。蹴《け》る。土間に、突き落とす。厩に寝ろと言う」

「…………」

「あの家にいたくなかった」

「どれくらい山にいたんだ？」

「……一年」

「そうか」

面差しを曇らせた重奈雄は、一歩、踏み出す。けんむんが蠢く音がする。

「重奈雄はん」

後ろから椿が案じるが如き声をかけるが、重奈雄は気にしない。ずいずい作次郎に歩みよる――。

「さぞ、怖かったろう？　不安だったろう。そのお前の気持ちが、お前がお化けと呼ぶものを呼び出した」

「くるな！　わしに近づいたら……」

作次郎が、怒鳴る。妖草がビュン、と風を切る音が、する。しかし重奈雄はそれすらも意に介さぬ。

温かい微笑を浮かべた重奈雄は作次郎のすぐ前に立った。そして涙で顔をくしゃくしゃにした作次郎を、固く抱きしめた。妖草による抵抗は一切なかった。

「だが、もう大丈夫だ。大丈夫だからな」

重奈雄は天眼通ではなく――作次郎の表情から、妖草が萎《しお》れたのを知ったのである。

「……妖気が……なくなった。作次郎、あんたのお化けが人を傷つけることはない。

もう、いなくなったのや。そやさかい、人里に降りても、大丈夫や」

椿が重奈雄に固く抱かれて嗚咽《おえつ》する作次郎にやさしく頬ずりする。

かつらが、

「在所に帰るのが、嫌なのか？」

涙で濡《ぬ》れた顔が、縦に振られる。

ぶっきらぼうながらも、あたたかみがにじんだ語調で、

「弱ったな、どうすればいいんだ？　あ――」

かつらがぽんと手を叩く。蘭山とかつらが目を見合わせる。

「深泥池の老翁」

二人は同時に言った。

「……妙案かもしれぬな」

重奈雄が、唇をほころばす。作次郎からやや体をはなすと、汚れた頭に手を置いて、

「作次郎、いろいろ辛いことがあって……山に入ったのだな。それはゆっくり我らに聞かせてくれ。だが、お前は、山を降りねばならぬ。一人でここにいると……またあたらしい妖草妖木を呼び出してしまうから。お前を温かくむかえてくれるかもしれぬ家がある。

下山してくれるな?」

少年のおびえた瞳が、重奈雄から椿へ、そしてかつらと蘭山にむけられる。

椿が作次郎と同じ目の高さになる。

「うちや、この人たちが、怖いん?」

「…………」

「作次郎はん、ここにはあんたを殴ったり、蹴ったりする者は、一人もおらん。殴られたり蹴られたりして傷ついた、あんたの心。そこから生えた妖草《おばけ》と対決する役目、負うた人しかおらんの。そやから、誰もあんたを傷つけたりせーへん」

作次郎は真剣な面差しで、やさしく語りかける椿の話を聞いていた。

「行こう、人里へ、深泥池へ」

重奈雄が手を、差し出す。

しばし躊躇《ちゅうちょ》していた作次郎は——その手を固くにぎった。遥か頭上、湖面のように青い空で、祝福するかのように鳶《とび》が鳴いた。

無《む》間《げん》如《にょ》来《らい》

三津《さんしん》（天下の三要港）という言葉がある。

博多《はかた》、堺《さかい》、安濃津《あのつ》。

博多は古来、朝鮮半島との交易の中心地であり、堺は土佐から薩摩、琉球《りゅうきゅう》を経由して中国大陸南部にいたる交易ルートの発進基地であった。では、伊勢安濃津はと言えば、国内交易の重要な湊《みなと》であった。

単に「津」とも呼ばれるこの湊は、古くより東国の玄関口、品川《しながわ》湊と海路でむすばれていたのである。有名な伊勢商人が遠く江戸で成功したのは――東と西をむすぶ重要な水の道を、古来手中におさめてきたからに他ならない。

江戸に幕府を立てた家康《いえやす》はこの重要なる港町を――お気に入りの外様《とざま》大名・藤堂高虎《とうどうたかとら》にあたえた。抜け目なさと、土木工事の手腕によって、近江の百姓からのし上がり、浅井長政《あさいながまさ》、豊臣秀長《ひでなが》、家康と、次々に主《あるじ》をかえて立身した切れ者である。

安濃津は津藩、藤堂家三十二万三千石の城下町だ。

曾我蕭白は少し前から安濃津に寄寓《きぐう》している。

蕭白の父の知人で木綿問屋、江原屋長兵衛《えばらやちょうべえ》なる男が、安濃津にいる。

蕭白は長兵衛に呼ばれ伊勢にきた。今は長兵衛の友人、西来寺《せいらいじ》の和尚に襖絵《ふすまえ》を描いてほしいとたのまれ、海にほど近いこの寺に厄介になっていた。


宝暦八年十月二十一日（今の暦で十一月下旬）。

蕭白は酒入り瓢簞《ひょうたん》を引っ下げて、表に出る。冬と言っても伊勢は京よりずっとあたたかい。比叡颪《ひえおろし》が如《ごと》き身を切る風が吹くことはまずなく、当方の身を案じるような穏和さがある。そのやさしい天の下、東からやってきた潮風が、無精髭《ぶしょうひげ》を生やしたむくんだ頰、数日あらっていない長いぼさぼさ髪を、控え目に叩く。

「蕭白様」

箒《ほうき》をかかえた鼻が赤い小僧が近づいてきた。

身の回りの世話をしてくれる小僧で、よく気がつく。が……気がつく分だけ、うるさい処もある。

「何じゃ、お前か」

「昨日も大分、おそくまで般若湯《はんにゃとう》をお召しになられとったご様子」

当年二十九になる蕭白の口から、酒臭い噯気《あいき》が出る。

ごまかすように口をぬぐう蕭白に、

「……襖絵の方は、大丈夫ですか？」

大人の僧なら、もう少し遠慮というものがあろうが、この小僧にはそれがない。

「あのなぁ、お前に何がわかるというのじゃ、小僧」

「絵がすすんでへんゆうことくらいは、わかります。素人でも、はい」

赤っ鼻小僧はしたり顔で答える。

舌打ちした蕭白は、

「竹林七賢を描いてほしいとのご要望であったが、阮籍《げんせき》、山濤《さんとう》、向秀《しょうしゅう》を描いた処で筆が止った」

阮籍は自分、山濤は重奈雄、向秀は大雅を思い浮かべて描いたから、筆はすらすらすすんだ。

竹林七賢とは魏晋《ぎしん》の頃、政治を厭《いと》い、老荘《ろうそう》思想に耽《ふけ》り、竹林に籠《こも》って酒ばかり飲んでいた、型破りな七賢者のことであり、蕭白はその筆頭、阮籍に密《ひそ》かに私淑していた。

「残り四人、どんな顔の男なのか、どうしてもしっくりくる面差《おもざ》しが心に浮かばぬのよ」

蕭白が呟《つぶや》くと小僧は蟹《かに》の体のように赤い鼻を大きくふくらませた。

「で――十日、筆がすすんでいないと？」

丸い頭をげんこつでぐりぐりこねまわし、こらしめてやろうと手がのびる。

さっとかわした小僧は、

「あっ、あかん、あかん。お寺で乱暴狼藉《ろうぜき》など、言語道断！　お釈迦《しゃか》様が見ていますよ」

「知るかっ」

蕭白がすたすた歩き出すと、小僧の声が追いかける。

「海に行かれるつもりですね？」

「…………」

「そこで、漁師から採れたてのアワビか栄螺《さざえ》をかい、それを肴《さかな》に一杯……こんな処でしょうか？」

「お前なあ」

面《おもて》を赤くした蕭白が立ち止る。

小僧は箒でせっせと、庭を、掃きはじめた。

「それで絵がすすんでくれるなら、わたしは何も言いまへんが……全くすすまないとなると問題でしょう？　だって、あなたが漁師にわたす銭は、絵の具代なんですからね！」

「絵の具はつかわん！　墨で描くわっ」

「墨代、なんですよ！　同じことや」

墨代という言葉に小僧は非常に強い力を込めている。

「ちっ」

舌打ちした蕭白は、早足で西来寺を後にした。


半刻《はんとき》（約一時間）後。

浜辺に、漁家の七輪であぶってもらった栄螺に、醤油《しょうゆ》をかけて酒の肴にしている蕭白の姿があった。

眼前には、伊勢湾が広がっていた。

ずっと先に知多《ちた》半島が横たわっているはずだが見えない。ただ、広漠たる青き海原と白みをおびた水平線がみとめられた。

浜辺に打ちすてられた流木に腰かけて海を眺めていた蕭白は、足に小さな痛みを感じる。

嚙《か》んだそ奴を――叩こうとした。

素早い。

蕭白を嚙んだ小さい生き物は物凄《ものすご》い勢いで砂浜を走り逃げている。

船虫だ。

もしやと思い、自分が腰かけていた流木を転がしてみる。

数知れぬ船虫がわーっと溢《あふ》れ出、砂浜に四散してゆく。体中をもぞもぞと痒《かゆ》くするような、薄気味悪い光景だった。

「船虫さえおらねば、心地好い浜辺なのじゃがな……ん、まてよ。七賢の一人を船虫に似た面構《つらがま》えにしてみるか」

ひらめきの閃光《せんこう》が絵師の脳中をよぎる。笑みをもらした蕭白は、船虫がいない場所をさがす。

白砂にのぞんだ松の木立に入る。

そこには、あまり、船虫がいなかった。

「おお、やっと一息つけるわ」

腰を下ろした蕭白の眼前を蟹が一匹、横切って行く。

「七賢の一人、王戎《おうじゅう》を……蟹のような顔にしてみよう」

寺に閉じこもっておらず外に出た方がいろいろと着想が浮かぶではないか、それみたことか小僧、ただ飯を喰っている訳ではないのだ、と思いながら瓢箪を口にはこぶ。

と——

「あぁぁりぃがたやぁぁ、無《む》ぅぅ間如来《げんにょらい》。ナウマク・サマンダボダナン・アル・ラウネン・ソワカ！　限りなき叡智《えいち》をもたれし御仏。あぁぁりぃがたやぁぁ、無ぅぅ間如来。ナウマク・サマンダボダナン・アル・ラウネン・ソワカ……」

得体のしれぬ真言、ないしは声明《しょうみょう》が如きものを歌う声が、した。

「無間如来……初めて耳にする仏じゃが」

無精髭を一撫《ひとな》でした蕭白は眉を顰《ひそ》めている。

見れば、七、八人の男女が盆踊りのように身をうねらせながら、海岸に面した道を走っていた。町人と思《おぼ》しき人たちで、老いも若きもいる。気になった蕭白は栄螺の殻を砂浜にすて立ち上がった。

砂煙を蹴立《けた》てて、追いはじめる——。

最後尾についた蕭白は彼らと一緒に歌わねば怪しまれるような雰囲気があったため、

「あぁぁりぃがたやぁぁ、無ぅぅ間如来。ナウマク・サマンダボダナン・アル・ラウネン・ソワカ！　限りなき叡智をもたれし御仏」

ぼろ衣をまとった体をうねらせ、長いぼさぼさ髪を振りまわし、一緒に歌い踊りながら道を駆けた。


やってきたのは、阿漕浦《あこぎがうら》の近くにある瀟洒《しょうしゃ》な寺であった。阿漕浦というのは伊勢神宮の神饌《しんせん》をとる浦で一般の漁は禁じられている。

その寺は大無間宗・無間院という寺で、瓦葺《かわらぶ》きの筋塀にかこまれていた。大きな芭《ば》蕉《しょう》がいくつもうわっていて南国的雰囲気があった。

本堂らしき建物の前に、広場があり、既に二十人くらいの信徒が、座っていた。蕭白と駆けてきた人々も後列に腰を落とす。蕭白は芭蕉の葉陰に腕をくんで立つ。

芭蕉は、怪物の陰茎に似た長い器官を下に垂らし、尖端《せんたん》で黄色く巨大な花が、丸みをおびてふくらんでいる。何処《どこ》か、女陰《ほと》に似た花だ。

何が起るのだろうと、蕭白が険しい面差しで本堂を睨《にら》んでいると、扉が開いた。

中から僧が出てきた。

歳《とし》の頃、四十ほど。がっしりした体型をしている。

双眸《そうぼう》は、細く鋭い。きりっと太い眉は顔貌《がんぼう》に、威厳を付与しており、若い頃は美男であったと思われる。四肢から強い精気が発せられていて、寺に引き籠って経典だけ読んでいる僧ではないと物語っていた。

ただ、僧衣が——異様であった。

褐色のその衣では墨で描かれた茄子《なす》の葉に似た葉っぱがざわざわと靡《なび》いていた。

「上人様や！」

「妙炫《みょうげん》上人様……ありがたや」

興奮した信徒が、口走る。

妙炫という僧は厳《おごそ》かな顔で信徒たちに相対しながら、草色の数珠を軽く揉《も》む。

「昨日、安濃津城の殿様に呼ばれたのは知っていよう？　長時間の祈禱《きとう》をおおせつかった。登城してのご加持……なれぬことであったゆえ、今日は些《いささ》か疲れておる。故に無間如来様のお言葉をつたえるのは、本日十人までとしたい」

信徒たちは、

「上人様、私《おたい》に如来様の言葉下さい」

「あのなあ、わし、先月から上人様にたのんどるよってに、わしが、先や」

諍《いさか》いが起き、信徒たちの間に罅《ひび》がわれそうになったのをみとめた妙炫は、やんわりといましめている。

「これこれ、喧嘩《けんか》はよくない。無間如来様は天上天下に起る一切、心の中にしまった悪心も全てご存知ですぞ。無間如来様の前に立つなら、あらゆる悪心をすすぎ落とした綺麗《きれい》な心でなければならぬ。

如来様は……欲はおみとめになる。だが、悪心はおみとめにならぬ。悪心を引き起すほど強い欲には、当然ご不快になられる」

信徒たちは、妙炫の法話に固唾《かたず》を呑んで聞き入っていた。

「では、今日、無間如来様のお言葉を聞ける、十人の果報者、菩提《ぼだい》の心に達した果報者をえらんでゆくとしよう。まず、そなた」

銀髪の老婆の頭に、妙炫は、手を置く。

「次に、そなた」

少しはなれた所に座っていた痩《や》せた男は頭に手が置かれたため狂喜した。

妙炫はそうやって、如来の話を聞ける男女を選択してゆく。木と間違うくらい大きな草、芭蕉の葉陰に立つ蕭白は——面貌を冷たい笑みで歪《ゆが》ませて、無遠慮な視線を妙炫にむけていた。

と、

「お前、何しとるんや？」

人相が悪い男が二人、怒気をふくらませ近づいてきた。小男と、大男。寺男らしい。小男は白髪まじりで出っ歯が黄ばんでいる。大男は、若い。二十歳《はたち》に手がとどくかどうか。頑丈な体から威圧感が漂う。

(何じゃ、こやつら？　寺《ここ》ではたらく前は……あこぎな稼業に手をそめておった。そんな奴らじゃな)

蕭白を下から睨むと、小男は、

「お前は、何処のたわけや？　おう。今なあ、上人様がなあ、如来さんのありがたい話、聞ける幸せ者を、えらんでなさる。ひざまずいて聞くんが礼儀やろ？　お前も、礼儀の一かけらくらいもっとるやろ？——ひざまずこか？」

「…………」

自分を睨む小男の表情を真似《まね》して、相手を睨み返した蕭白は、しばし睨み合った後、ふふと笑って、妙炫に顔をむけた。

無視された小男の中で憤りが爆《は》ぜる。

「新八《しんぱち》、痛めつけいっ！」

大男のごつい手が——蕭白の右肩をつかんできた。

「糞《くそ》っ、はなせ！」

蕭白ははねのけようとするも、丸太のような腕は微動だにせぬ。益々《ますます》、怪力を強めてくる。恐ろしい力を込めているはずなのに、新八という大男の顔では一切、表情が動いていない。口を真一文字に閉ざし、ほとんど瞬《まばた》きしない目でじっと蕭白を見据えてくるのが不気味であった。

「何をしておる！　無間如来様の聖地たるこの寺で、乱暴は止《や》めなさい！」

妙炫が、一喝した。

蕭白の肩を圧迫する力が弱まる。

蕭白はいそいで、新八の手を振り払っている。

十人をえらび終えた妙炫は、本堂にむき直ると、こちらに背を見せた。

「……京からきた、絵師殿」

妙炫は、言った。

彼を睨む蕭白はぴくりと頰を動かす。

「都で己の絵をみとめてくれる者が、なかなかおらず……己が嫌いな種類の絵がもてはやされる中、新天地を切り開かんと勢州まできたか？」

「──」

図星であった。妙炫の言葉には、蕭白という男がまとう衣を剝《は》ぎ取り、裸の肉を、いやその下にある内臓までもさらけ出させる力があった。かっと瞠目《どうもく》した蕭白は歯を食いしばり妙炫の背を睨んでいた。

怪僧は、ゆっくりこちらに振り返る。

「特別に、十一人目として、そなたをえらぼう。己が画業を打ち立てたいなら、無間如来様の言葉を聞くことです。何故なら、ここにこられたこと自体が如来様のお導きなのだから……」

「ほら、ご厚意、いただいたさかい、早《は》よ行かんかい」

黄色い出っ歯を唾《つば》で光らせた小男が囁《ささや》く。

蕭白は、迷う。無間如来という本尊の名、大無間宗なる妙炫が開いたらしい宗派名、信徒たちの様子、寺男の人相などから、蕭白は妙炫を胡散臭《うさんくさ》い、いんちき坊主と考えていた。ところが今、妙炫が放った言葉は彼を只《ただ》の騙《かた》りと見なしてよいか、蕭白を深く、懊悩《おうのう》させている。

神通力云々《うんぬん》で妙炫が自分について知っていたとは、思いたくない。だが、神通力を抜きにして――妙炫は一体どうやって蕭白の心を知り得たのだろう。

そこが、気になった。

「ではお願いするかな……」

不敵に答えた蕭白は十人の信徒につづき本堂に入る。

堂内は広く、ほの暗い。蓮《はす》の飾りの金色《こんじき》を、灯明が厳かに映し出している。内陣には金ぴかの宮殿《くうでん》があり、本尊が鎮座していた。

——異様な仏である。

その仏は、植物の葉を合わせてつくったような奇怪な宝冠をかぶっていた。それは、頭に比して不釣り合いなほど、大きい。

仏像の首から下はあまり変った処は見られない。結跏趺坐《けっかふざ》をし、転法輪印をむすんでいた。最高の真理を宣告するぞという印である。

仏像が背負う光背に、奇妙な点がある。化仏《けぶつ》か、宝珠が、描かれていそうだが、怪しく、でかい花がいくつか、彫刻されている。茄子の花に似ていた。

（これが……無間如来か）

一人の信徒が歩み出る。富裕な老商人と思しき男だ。老商人は、無間如来の前に座し、焼香した。

「ナウマク・サマンダボダナン・アル・ラウネン・ソワカ。ナウマク・サマンダボダナン・アル・ラウネン・ソワカ」

無間如来の真言と思しきものを皆が唱和する。如来から大分はなれた所にあぐらをかいた蕭白は、ぼりぼりと髪を掻《か》きながら妙炫の様子を注視していた。

妙炫は、焼香した老商人の肩に手を置き、端厳な面持ちで、

「そなた、江戸店《だな》をまかせたのに、消息不明となった次男を案じておるのじゃな」

「……はい」

「死んではおらぬ。ただ、己の失敗を恥じ下総《しもうさ》に身を隠しておる」

「——おお、上人様、下総の何処におるんでしょうか？」

「そなたからさがしてはならぬ。案ずることはない。少し、まて。息子は便りをおくる気ぞ」

迷いなく、言い切った。

幾度も謝意をつたえた老商人は、小判を賽銭箱《さいせんばこ》に入れ、希望の灯火を胸にさずかった顔で、堂を後にした。

次に三十歳くらいの女が焼香している。

女が焼香し終ると、妙炫はまた肩に手を置く。

「肩と腰の痛みがなかなか治らず、重い病でないかと危ぶんでいたのだろう？」

「はい」

「案ずることはない。無間如来様によれば——病ではなく、気苦労からくる体の痛みじゃ。湯治などに行き、ゆっくり骨休めをしなさい。ただ、湯治はあくまでも一時的な効果しか生まぬ。気苦労の大本は夫婦がしっかりと和合していない処にある。和合のためには……夫も、無間院につれてくる必要がある。さすれば、無間如来様のお導きで夫婦仲も上手《うま》くいくだろう」

拝跪《はいき》してそのようにすると約束した女は、銭を紐《ひも》でたばねたのを賽銭箱に投げ、再び如来と妙炫にうやうやしく頭を下げると、出て行った。

信徒たちの寸志はこのように一定の額がさだまっている訳ではなかった。富裕な者は小判を、貧しき者は銅銭を、自分の資力に応じた額を、賽銭箱に入れてゆく。

（信徒の中には豊かな町人も大勢おるようじゃ。相当、もうかるだろうな。しかし……どうして、妙炫は、信徒の悩みを正確に見抜き、その解決策をすらすらと言えるのじゃ）

滅茶苦茶な解決策が次々にくり出されているなら、こうも人はあつまるまい。

（信徒の話をある程度、聞き、もっともらしい解決策を口にするのなら……わしにもできそうじゃ。が、妙炫はそれもせぬ。全く相手の話を聞かぬまま、相手の悩みを言い当て、解決策を口にする。一体どんなからくりがある？）

何とかして妙炫の化けの皮を引きはがしてやろうという決意が、積乱雲が如くむくむくと胸中で湧き起った。蕭白は、堂内を見まわす。

内陣の左奥にある扉が、注意を吸いよせる。

――黒く重厚な様子の観音開きの扉で長押《なげし》に注連縄《しめなわ》が張られている。

護符らしきものが、何枚か貼ってあった。

と、十人目の信徒が賽銭箱に銭を入れ、出て行った。薄暗い堂に妙炫と二人きりになった。

「――曾我蕭白殿」

驚きが顔を歪めそうになるも抑える。

無間如来の手前に立った妙炫は強い目で蕭白を見つめてきた。

ふっと苦笑した蕭白は、相手を睨みながら立ち上がる。

「どうして、わしの名を知っておる?」

妙炫は微笑したまま答えぬ。

「狭い町ゆえ、噂《うわさ》が耳に入ったか?」

「…………」

「それともあれか？　それもまた、無間如来のお告げと?」

「そう受け取ってもらってかまわぬ」

妙炫は、静かに言った。

「絵師として、さらなる飛躍をもとめ、伊勢にきたのであろう?」

妖しい粘着力をもつ目が、蕭白の心の奥襞《おくひだ》に入ろうとでもしているかのように、じっとこちらを見つめてくる。

「無間如来様ならそなたを飛躍させる道筋を存じておられる。さあ、ここにきて、跪《ひざまず》き、焼香するがよい。そして無間如来様の真言を唱えるがよい」

「――嫌じゃな」

蕭白は、きっぱりと言った。

「わしはどうも、神とか仏とかが苦手でな。無間如来なるものが、わしのことを、わしより存じておるようには到底思えぬ。大日如来、阿弥陀《あみだ》如来なら知っておるが……無間如来というのは今日はじめて聞いたしな」

「わしが感得した真実の仏である。曾我殿――如来様を信じられぬなら、何ゆえ貴方《あなた》はここにおる?」

妙炫の唇は、笑みを崩さぬ。だが双眸は笑っていない。

「無間如来より、あんたに興味があってね」

「ほう」

蕭白は内陣の左奥を指す。

「なあ、あの奥に何がある？」

黒光りする扉にちらりと視線を流した妙炫は、

「我が道場じゃ。わししか入れぬ、修行の場じゃ」

「無間如来という奴は一体、どんな仏なのじゃ？」

「奴？　不遜《ふそん》な言い方はやめなさい」

「無間如来という奴は一体、どんな仏なのじゃ？」

「——不遜な言い方は止めよ！　蕭白」

妙炫の左手が、急速に旋回する猛禽《もうきん》のように、さっと空を切り、五つの指先が真っ直ぐ蕭白を指す。

「無間如来様は……地の底にある浄土にお住まいで、無間の奥行きの知恵をお持ちである」

俄《にわ》かに険しい形相になった妙炫は語る。重い響きの声が、目に見えぬ波動を起し、蕭白の体に浸み込んでくる。

「森羅万象、この世にいる全ての人間の経歴、性質、悩み、無間如来様はあらゆることを存じておられる。無間如来様がご存知でない事象は――この世に存在せぬ」

「………」

「今の処、無間如来様のお言葉を聞き、万人につたえられるのは、わししかおらぬ。蕭白、絵師として成功したいのだろう？　なら、如来様のお告げを聞くことぞ」

「――ふん」

不敵な態度で相手の申し出を一蹴《いっしゅう》した蕭白はくるりと背をむける。

立ち去ろうとする蕭白に、妙炫の声があびせられる。

「貴方は間違いなくまたここにこられる。如来様の、お告げを聞きに……。わしにはわかる」

「どうかな」

わざと強い声を発した蕭白は、乱暴に戸を開けると外に出た。

さっき威圧してきた寺男二人が、境内を掃いていた。足音を立てて山門を目指す蕭白の頬は箒を止めた二人がじっとこちらを睨んでくるのをぴりぴりと感じている。


その夜。

宗派の集まりで名古屋《なごや》に出ていた西来寺の和尚が、もどってきた。遅い夕餉《ゆうげ》を食べている老住職の部屋に、蕭白はものも言わずに上がり込んだ。

剽軽《ひょうきん》で、口数が多い和尚は、細かい処にこだわらぬ人だったから、蕭白の無頼な態度を気にしない。無言で部屋に入った蕭白が不貞腐《ふてくさ》れたようにあぐらをかくと、ほ、ほ、と笑い、

「お前も食い、蕭白」

蕭白は頭《かぶり》を振る。

蕭白は西来寺の精進料理にあきてしまい、ここ何日かは小僧に魚を買いに行かせ、それを焼いたり煮たりして食していた。小僧は寺の戒律を破るこの行為をこころよく思っていなかったが、和尚は些《いささ》かも気にしていない。

「何や？　相談事か」

豆腐を咀嚼《そしゃく》していた和尚が箸《はし》を止める。

「ああ。だが、食い終ってからにする」

「食い終るんまたれとるようで、嫌や。食いながら相談にのるんでええか」

「ああ。あのな……」

首肯した蕭白が身をのり出す仕草を見せた時、襖が開いた。

「和尚様。蕎麦湯《そばゆ》をお持ちしました」

小僧が入ってきた。

朱漆塗の湯桶《ゆとう》がのった盆を、和尚の前に置いた小僧は、部屋の一隅にちょこなんと座ると、

「他に何か御用はありますか？」

自分はここにいて差し支えないが、蕭白がいるのはどうかという思いが、ぷんぷん臭ってきそうな声だった。

「蕭白がな、相談があるようや。風呂、まだやろ？　風呂にでも入っとき。皿洗いはその後ですればええ」

小僧は少し不満そうであったが腰を上げる。

無精髭におおわれた蕭白の顔で、笑みが、跳ねた。

「皿洗いはその後ですればええ」

蕭白が和尚を真似ると、小僧は、

「何か言いましたか？　蕭白先生」

「いや別に」

襖を開けて小僧が出てゆくと、和尚は訊《たず》ねる。

「で、何の用や？　まさか絵が描けへんようになったゆう話か？」

「そういう話じゃない。わしは一度、引き受けた仕事はちゃんとやる。だから、全くそういう話じゃない。……無間院という寺を知っておるか？」

「……一応はな」

そう答えると和尚は黙り込んだ。

「妙炫という坊主、どんな男なのじゃ？」

瞑目《めいもく》した和尚は口をきつく閉ざしている。やがて、目を開けると、重たい声で言った。

「かつて、わしの弟子であった」

「──ほう」

「だが、破門した。妖しげな教えにのめり込んでしまう処があった。彼奴《きゃつ》が感得したゆう無間如来は、天台真言《てんだいしんごん》、禅は勿論《もちろん》、南都六宗まで見わたしても、その存在を語る宗派は一つもない」

「妙炫がおかしくなったのは、いつの頃からじゃ？」

「あれは五年くらい前やった」

和尚が、過去を思い出す。

「それまで妙炫は、刑場で刑死する罪人を憐《あわれ》み、刑場まで出向いて読経するなどしとった。仏の教えで世の中よくしたいゆう、強く純粋な志をもつ男やった。ある雨の晩やった。刑場からかえってきた妙炫は――」

形場からもどった妙炫は山犬のように両眼を光らせ、長い間、自室にこもっていたという。その日を境に妙炫は変った。他人の胸臆《きょうおく》を看破し、悩みの解決策をおしえ、金子《きんす》を巻き上げるようになった。真実の如来から許しが出たとし、肉や魚を喰うようになった。妙炫をいさめた他の僧は徹底的に論破され弱みや隠したい過去を全て知っていることをほのめかされた。

妙炫がいると、寺内の雰囲気は悪くなり、他の寺との関係もずたずたに切り裂かれてしまう。

和尚は、妙炫を破門した。

西来寺を出た妙炫だが、家老の父の病を治したことから俄かに名声を得、藩庁の支援もあって、新義の宗派・大無間宗を創設、阿漕浦の荒れ寺を修築し、無間院と号して住持におさまったという。

(五年前の雨の日、何があったのじゃ、妙炫)

蕭白は竹林七賢図はもうそっちのけで益々妙炫についてしらべたいという欲求に駆られている。

(わしは、張りぼての権威で威張り散らす輩《やから》が、大嫌いなのじゃ。妙炫という男……どうもわしの腹の虫がおさまらぬ何かがある)


翌日。気がつくと蕭白は西来寺を出、無間院にむかっていた。

築地塀《ついじべい》の向うに芭蕉が並んだ、いかがわしい寺院が近づいてくる。無間院の少し南に、古松《まつ》の大木がある。蕭白はその樹に隠れて山門をうかがう。

と、天秤棒《てんびんぼう》をかついだ海女《あま》らしき女が、南から歩いてきた。

歳の頃、三十程か。褐色に日焼けし、たっぷりと肉付きがよい女だ。目はぱっちりとしていて大きい。歩く度に、重たい質感をもった乳房が上へ下へ揺れる。

女の盥《たらい》には魚とアワビがのっているようである。

(津の町に魚を売りにきた、浦の女か)

と、女はすたすたと無間院の山門をくぐり、中へ消えた。

「破戒僧めが」

呟いた蕭白は、妙炫が開いた大無間宗では肉食をよしとするという西来寺の和尚の話を、思い出す。それに自分はあまり妙炫を責められないと気づいた蕭白は、チッと舌打ちしている。

すぐに出てくると思われた海女だが、なかなか出てこない。妙炫と話し込んででもいるのだろうか。

(あの海女に上手く近づけば、妙炫について何か知れるかもしれん)

木陰で、半刻ほどまっていると——軽くなった天秤棒をかついで、海女が出てきた。南の方へ歩いてゆく。

蕭白は彼女の少し後ろを、歩きはじめた。

左手に伊勢湾が広がっており、空は鈍色《にびいろ》の曇天であった。

無間院が見えなくなった所で、声をかける。

「のう海女殿」

不審の光を両目にたたえた海女が顧みる。

「わしは曾我蕭白という旅の絵師で、西来寺に寄寓しておる」

「はあ……」

蕭白は相手の不安を消遣すべく、苦手な笑顔をつくり、ゆっくりしゃべった。

「せっかく伊勢にきたのだし、海女の絵を描こうと思っておってな。貴女《あなた》の絵を描かせてほしい。あるいは、貴女の友達で絵に描かれてもよいという人を、紹介してほしい」

初め警戒心を見せていた海女だが、今は困ったような恥じらうような表情でうつむいている。

その面持ちはおおらかで親切な海の女であることを物語っていた。

「たのむ、この通りじゃ。頭で思って描くのと、実際の海女漁を見てから描くのでは、絵の出来に雲泥の差があろう」

たのんでいる内に、本当に海女の絵を描くのもいいかもしれぬと思う蕭白だった。

「……どないしよ。私《おたい》は絵になるような人やない。何か、恥ずかしい」

「まあ、そう言わずに」

ふと思い出したように蕭白は、

「ところで、さっき……無間院から出てきたようじゃが、あの寺に魚を売ったりしておるのか？」

「いや。無間院さんから、お代はいただいてまへん。母の病気なおしてくれたんで、ほんのお礼や。おたいは絵に描かれるん恥ずかしいんやけど、同じ村にすむ従妹《いとこ》ならええよって言うかもしれん」

「では是非、その従妹にあわしてほしい」

蕭白は、およう と名乗る海女の漁村まで同道する形になった。


道すがら、およう は身の上をぽつりぽつり語った。

およう の夫は漁師であったが四年前に海難でかえらぬ人となったという。子はなく、およう は病気がちの母親と二人で暮す形になった。母の病に頭を悩ませたおよう は、二年ほど前、無間院をおとずれた。妙炫は——およう が何も語らぬ内に、母がいかなる病で苦しんでいるかを見抜き、その病を治すには松坂《まつざか》にすむ医者の手にかからねばならぬことをおしえ、困っている人を助けるのも僧のつとめと、高い薬代を負担してくれたという。

お蔭《かげ》で母の病は完治した、妙炫は母の命の恩人だと、およう は語っている。

ただの恩人以上に強い好意を妙炫にいだいている心情が、うかがい知れた。

蕭白は複雑な気持ちになる。初め蕭白は妙炫をいんちき坊主と思い、化けの皮を剝がしてやろうと決意した。

（じゃが、妙炫も……人の役に立っておる。絵を描けぬわしよりな。ただの騙りと、言い切れぬのでないか）

左様な迷いが、起りはじめていた。

およう《むら》の漁村につく。

曇天の下、アワビをとった海女舟が浜についたようだ。

胸をあらわにし、下半身を腰巻で隠した海女が、重そうな魚籠《びく》をもって砂浜をざくざくと歩いている。海から少しはなれた場所に筵《むしろ》がしかれていて、三人の海女がはたらいていた。豪快にあぐらをかいた一人目が鑿《のみ》をつかって殻をはずしていた。二人目が、小刀をたくみにあやつりアワビの肉を、細い帯状にそぎ取ってゆく。三人目は二人目がそいだアワビの帯を少しはなれた別の筵に整然と並べていた。

「あそこで、熨斗《のし》アワビつくっとる中に、従妹がおる」

おようが言ったため、二人は砂浜に降りた。

おようの従妹は絵に描かれると知るや初めは渋ったが、最終的には快諾している。

おようも、熨斗アワビ作りにまざる。

蕭白は海女たちから少しはなれた所に陣取り、作業を観察していた。

傍らに、柿に近い色をしたヒトデが転がり、数知れぬ貝の破片が、宝石を砕いてまいたようにちらばっていた。海女たちは作業が一段落すると、海女小屋で蕭白に伊勢海老《えび》の味噌汁《みそしる》をふるまってくれた。

熱い旨味《うまみ》が、ごぼごぼと胃に駆け下りる。海老がはこんできた潮気が体中に広がり全身があたたまる。海女たちは冬の海辺に、半裸でいても全く辛《つら》い様子を見せなかったが、蕭白は潮風に打たれつづけるのに、些か辟易《へきえき》していたのだ。

「……こんな美味《うま》い味噌汁は、呑んだためしがないっ！」

京育ちの蕭白が、激賞する。

すると、

「妙炫上人様のお母様もなあ、同じこと言うとった」

おようが、何気なく口にした。

「――妙炫の母親？」

蕭白の箸が止る。

おようは、

「上人様も海がない信濃《しなの》の出。上人様が、あたらしい宗派開かれて立派になられたゆう話聞かれてな、お母様も勢州にこられたのや」

おようの従妹が、案じるが如き声調で、

「およう、近頃あんた……妙炫上人の話ばっかりやで」

「ほっといて。妙炫上人様は……うちのお母ちゃんの、命の恩人やで」

今まで穏やかに話していたおようは——打って変った鋭い態度を見せた。和気藹々《あいあい》としていた海女小屋に、張りつめた気が漂っている。

「妙炫の母親は今も伊勢に？」

蕭白が問うと、おようは頭《かぶり》を振った。

——一年ほど前に、俄かに胸の痛みをうったえ亡くなったというのだった。おようがつけくわえる。

「あと一月それがおそければ……上人様が、おうのの方様の病を治すため、登城される姿をご覧になれたのに。残念なことや」

翌朝、蕭白は西来寺本尊の阿弥陀如来の前で、考え事をしていた。

(妙炫……どうも、引っかかる。しかし奴は目に見えた悪行はしていない。おようの母を、病気から救った。貧しい者から礼をもらうといっても、当人の無理が生じない限りにとどめておる。

すておいても……害はないように、思える。

わしは一絵師。奴が悪党であっても、わしに出来ることはたかが知れておる。妙炫をわすれ襖絵に専念すべきか？　それとも、どうにも引っかかる原因を、いま少ししらべるべきなのか？）

　本尊と相対しても蕭白の悩みは深まるばかりだった。

　得体の知れぬ沼の主を相手にしている気がした。その沼には――何かが潜んでいる。

　だが、正体はわからず、沼の周りに生える美しい花や薬草を目当てに、人々があつまっている。

「ぬう……もう、わからん」

　頭をぼりぼり掻き毟《むし》った蕭白は四文銭を取り出す。

「寛永通宝よ。文字が出たら、絵を描く。波が出たら、妙炫と戦う。それ！」

　四文銭を――宙へ放る。

　カチンと床に落ちたそれに、手をかぶせた。

　手を、ゆっくり、はずす。

「…………」

　――波が出ていた。

「……もう一回やろう。わしは、絵師ぞ。絵を描くために伊勢にきた。文字が出たら、絵を描く。波が出たら、妙炫と戦う！　そりゃ」

　また、放る。

カチンと床に落ちた寛永通宝は裏側、つまり波の絵を蕭白にさらした。

「あくまでも絵から遠ざかれと、命じるのか……」

腕をくんだ蕭白は俄かにキッとなり、

「誰がこんな占いなど信じるかっ！　こういうのを信じる心こそ、妙炫がはびこる原因なのじゃ。やめた、やめた」

乱暴な足音を立てて本堂から出た蕭白は、寺の裏手、墓地にむかった。今、伊勢湾の方から赤い曙光《しょこう》が差す墓地で、小僧が比較的あたらしい墓石に花をそなえていた。

歩みよると、小僧は立ち上がる。

「誰の墓じゃ？」

白や黄の菊と一緒にいくつかの柿と赤紫のムベの実がそえられている。

「妙海《みょうかい》ゆうてなあ、妙炫の兄弟子やった……。今日が月命日なんや」

和尚のしゃがれ声が、背後でした。やってきた和尚は、小僧が水をかけて清めた墓石の前にひざまずく。数珠をもみ、読経した。

供養が終ると、妙海の墓を直視したまま、静かに言った。

「伊勢の漁師の息子やった。気さくで、面倒見のええ男やった。……信州《しんしゅう》の出で、縁をたよってここに修行にきた妙炫は、初め伊勢のことは何もわからず、硬くなっとった。その妙炫をおしえみちびき一人前の僧にしたのは、妙海や。二人は実の兄弟のようやった」

「妙海殿はいつ――？」

「妙炫がおかしくなってから間もなく。胸が痛いと急にうったえ、ばたりと倒れて医者もなす術《すべ》なく息を引き取った。妙海が急逝してすぐ、妙炫は出て行きおった」

「胸が痛いと……？」

　蕭白は、険しい眼火を燃やす。

「妙炫はな、信州で一揆《いっき》を起して斬られた百姓の倅《せがれ》らしい。在所にいづらくなり、僧になって伊勢に出てきた……。どこからかそれを聞きつけ、妙炫を罪人の息子とからかった者がおった。妙海はな、『仏さん、一瞬、目ぇ閉じとって下さい』ゆうたかと思うと――その妙炫をからかった男をぶん殴っとった。坊主ゆうより、町火消のような、からっとした男気に溢れた男やった」

　暗い疑念が蕭白の胸底で渦巻いていた。

（妙炫の周りで胸が痛いと急死した二人の人間……妙海と、妙炫の母親。二人の死の直後、妙炫は転機をむかえておる。妙海が死んだ後、西来寺を出、有力者の信徒を得て、無間院を建てた。母の死後、安濃津城の御用をつとめるようになった。何か、あ

る。隠された何かが)

奇妙な植物冠《かんむり》をかぶった無間如来の姿に、思いを馳《は》せる。

と、突如、京での日々が、蕭白の胸中で活写された。

(庭田重奈雄……妖草を駆使し、余人に真似できぬ様々な離れ業をなすも、少しもえらぶらぬ、すがすがしき男じゃった)

重奈雄、そして重奈雄が駆使、あるいは克服した妖草、無間如来の植物冠、異能を見せつけた妙炫が一つの絵となって重なる。

事件の背後に——妖草が、からんでいるのではないか。

そんな直感が、閃光となって、蕭白の脳裏をつらぬいている。

都で、重奈雄らとすごした日々は、自分の生涯でも取りわけ楽しかったし、目の当《ま》りにした妖しの植物群は、蕭白の絵に鬼気迫る迫力をあたえてくれた。

だが、一方で重奈雄や椿と妖草事件を解決する日々は……絵だけに専念できないという弊害を、彼にもたらした。

妖草妖木から自分が描きたい奇想の世界の養分は十分もらった。もう、たくわえる時期ではない。絵の腕を徹底的に磨き上げる時期にきている、蕭白はそう考えた。

——そう。

蕭白が伊勢にきたのは、京には自分の絵の支持者が少ないという理由だけではなかった。親愛なる重奈雄、椿とはなれてでも、自分を追い込み、画技を鍛えねばならぬと考えたからなのだ。

そんな思いをかかえて伊勢にやってきた絵師の前に妙炫は現れた。喧嘩をした訳ではないが、画技を鍛える旅に出た以上、最低でも一年くらいは重奈雄たちに文を出さぬ。蕭白はかく決めて都を出た。

だが、これは妖草師・庭田重奈雄の力をかりねば解決できぬ案件ではないのか。

蕭白は頭をかかえている。

京――堺町四条にある重奈雄の長屋に、曾我蕭白から文がとどいたのは、その三日後のことである。

冷たい比叡颪が洛中を芯《しん》からふるわせる日であった。重奈雄は、狭い長屋の一室で、火鉢の傍《そば》に転がり、痛みをうったえる筋肉に、艾《もぐさ》をのせていた。

西山を騒がせたけんむんを駆逐した重奈雄は作次郎を深泥池の翁《おきな》の許《もと》につれて行った。

妻を亡くし、深い心の傷をかかえていた男は、喜んで作次郎をそだてたいと言い、重奈雄らをひとまず安堵《あんど》させた。だが、安心してばかりもいられない。

あれだけ強い妖草がはびこっていた西山だ。常世の植物に、他の妖草妖木を呼ぶ力がある以上、全く油断できない。深泥池に行った翌日には、重奈雄、椿、かつら、蘭山、さらに、応援で呼んだ——庭田重熈《しげひろ》と大雅の六人は、西山にむかっている。

そこで背高人斬り草《せいたかひときそう》や羅刹紅葉《らせつもみじ》といった物騒な妖草を発見。

数日かけて、悉《ことごと》く除草した。

その作業が終ったのが昨日だ。重奈雄は、あまり体力がある男ではない。数日間、山林を歩きまわった体は今、あらゆる力がしぼり出された抜け殻に近い状態だった。故に今日は、よく効くと評判の艾屋に艾をかいに行った他は、外出せず、朝からやすんでいた。

そんな午後、

「……すんません、庭田重奈雄ゆう人の家は、こちらでええんやろか？」

外から声をかけてきた者がある。

重奈雄は、格子戸を開け、

「俺が重奈雄だが……」

表には魚を思わせるほど眼《まなこ》がギョロリとした、旅姿の男が一人立っていた。

「わし、伊勢は安濃津の木綿問屋、江原屋長兵衛の店ではたらいとる範五郎《のりごろう》ゆう者です」

「江原屋――蕭白の文か！」

江原屋について知っている重奈雄が、顔を輝かす。

「はい」

範五郎は懐中に大切に入れてきた文を重奈雄にわたしている。手紙を読む重奈雄の顔は、初めは輝いていたが、やがて深刻な面持ちになった。

「蕭白め、余程焦っておったのか、日付が書いていない。あの男らしいが……。貴方がこれをあずかったのはいつだろう？」

「三日前や。雄行《たけゆき》……うちでは蕭白のことを雄行言いますが、雄行から、ともかくいそいでくれと託されたよってに、勢州屋さんに行く前に、ここによったのや」

「あらたなる犠牲者が出るまで……まだ、間があるか」

重奈雄が、独りごつ。

伊勢は河内《かわち》と並ぶ木綿の一大産地であり、江原屋はその問屋である。伊勢や河内でつくられた木綿は京や大坂などの大都市にはこばれ――着物となって流通する。勢州屋は、その伊勢木綿を都で商う問屋であり、江原屋と定期的な行き来があるのだろう。

蕭白は木綿商人の動脈に、自分の文を託した訳である。

範五郎は、

「三条の橋近く、寺岡屋《てらおかや》ゆう、木賃宿があります」

「知っている」

「わし、明日まで寺岡屋におるから、もし伊勢に下る場合は、寺岡屋、たずねて下さい」

「承知した」

範五郎が立ち去った時、やけに低い曇り空から、冷えた時雨《しぐれ》がしとしとと降り出した。寒い京の冬は灰色の重みをいよいよ増している。体を芯ごとちぢこませる冷気を感じ、重奈雄はぶるりと身をふるわす。


翌々日――十月二十八日。

東海道《とうかいどう》を、氷雨に煙る甲賀《こうが》の山並みを睨みながら、足早に東に下る三人の男の姿があった。

重奈雄、大雅、江原屋の範五郎だ。

去年の夏、丁度同じ道のりを江戸ではびこる妖草を討つべく東に下った記憶が、閃光をともなって重奈雄の胸中でまわっている。

（あの時は俺と待賈堂さん、蕭白の三人で江戸にむかった）

その時は、故あって蕭白と伊勢でわかれたが、江戸で重奈雄を待ち受けていた妖草妖木は相当な難敵だった。

（だが、今回、伊勢に現れたという妖草が……俺が思う妖草であれば、ある意味、江戸で戦った敵より恐ろしいかもしれぬ。何故ならその妖草は……俺が伊勢にくることを、知っているからだ）

自らの死を覚悟しているような暗い気が、編笠《あみがさ》をかぶった重奈雄の相好《そうごう》を走る。蓑《みの》を雨で濡《ぬ》らした大雅が白い息を吐きながら、ほんわかとした相好でこっちを眺める。

大丈夫どす、庭田はんとでも言いたいようだ。幾多もの難事件を共に解決した大雅が隣にいてくれれば大丈夫かもしれない、そんな気持ちが重奈雄に起った。

昨日、重奈雄は五台院をおとずれていた。

椿にあうためだった。

此度《こたび》の妖草が——死をも覚悟して臨まねばならぬ敵と思った瞬間、どうしても椿にあいたくなったのだ。本音を言えば……伊勢の難敵を駆逐するために、天眼通——椿のもつ能力《ちから》が必要だという思いもある。だがそれでは、椿を死の淵《ふち》につれてゆく形になる。故に重奈雄は、まだ娘である椿、そしてかつらは都にのこし敵地にむかわねばならぬと考えた。

昨日、重奈雄は、

『たいした敵ではないゆえ、待賈堂さんと二人で、蕭白めを助けてこようと思う。……西山では椿に助けられた。今度の敵は手をかりずとも大丈夫』

と、椿に、言った。

それを聞いた椿は、

『ほんまにうちがいかんと、大丈夫?』

椿は伊勢に行きたそうだった。

五台院の庭園で、真紅に色づいたイロハモミジの下である。池の水面《みなも》には赤い掌形の落葉が幾枚もたゆたっている。

ふと、何かに気づいた椿は、白くふっくらした頬を朱色にする。

『うち抜きで……かつらはんと伊勢に行くつもりなん?』

『まさか。かつらさんは京にのこし、妖草経の書写をつづけてもらう』

『ならええけど……』

椿は少しふてくされたように二つの人差し指の先を合わせ、池にむかってうつむいた。無性に椿が愛《いと》おしくなった重奈雄は俄かに椿を掻きいだき、乱暴に唇を吸った。それから椿の耳に唇をうつし、やさしくささやいた。

『俺が他の女人に気をうつすことなど、ないし……また……』

——妖草に討たれる心配もないと言おうとしたが、それを言うと椿が不安になるため言えなかった。

重奈雄は椿の耳朶《みみたぶ》に口づけする。

潤んだ瞳を細めた椿の唇と、重奈雄の唇が再び吸いよせられそうになるも——人の気配があったため、重奈雄は体をはなしている。

赤いモミジの下に佇《たたず》む椿を小さく顧みて、

『……行ってくる』

こうして、五台院を後にした重奈雄は、兄の屋敷に直行。

重熈に面会をもとめるも、兄はさる門跡寺院に出た妖草を刈るべく、家族をつれてついさっき出かけたという。それこそ大した妖草ではないため、家族とその寺で骨休めするのが目的ではないかと思った重奈雄は、頭を振り、

『全くあの男は——』

応対した老女、お亀《かめ》に伊勢に出没した妖草を刈るべく、いくつかの妖草をもってゆ

く必要があると告げると、万事わかっている人であったから、好きなだけもって行ってよいでしょうとの答をもらった。

かくして重奈雄が庭田邸で得た妖草妖木は――

知風草《ちふうそう》――疾風を起す妖草。

一夜瓢《いちやひさご》――人間を瞬間的に、別の場所へ移動させる妖草である。

屈軼草《くってつそう》――悪人が近づくと、さっと体を伏せて警告する妖草だ。

ハリガネ人参《にんじん》――敵を束縛する妖草である。

草連理《くされんり》――妖草ではないが、植物にまつわる妖異である。二本以上の植物が、深く愛し合う夫婦のように密着、合体しているもので、古来、持ち主に幸運をもたらすと言われる。たとえば宝永《ほうえい》年間に尾張《おわり》の菊好きの老人がそだてた菊の中に蓬《よもぎ》と一体化した菊があったという。重奈雄も、蓬と菊の連理を、もってきた。

伊吹樫《いぶきがし》の杖《つえ》――伊吹樫は伊吹大明神の霊力によって現れたという、伊吹山にしか見られぬ樫であり、ドングリをむすばない。だが非常に硬い幹をもち、これでつくった杖は武器になり得る。

また、自身の長屋からは、鉄棒蘭《てつぼうらん》、風顛磁藻《ふうてんじそう》、明り瓢、韋駄南天《いだなんてん》の実――嚙んだ者に想像を絶する走力をあたえる妖木の果実だ――を、携行してきた。

一見、凡俗の旅人にしか思えぬ重奈雄、大雅だが、妖草妖木で重武装しているのであった。

雨に濡《ぬ》れた樫類の森や畑が両側に展開する東海道を重奈雄は急ぎ足で行く。

前方から、筵をひっかぶった百姓女と、鍬《くわ》をかつぎ、笠、蓑という出で立ちの百姓男が泥を踏み散らしながらやってくる。右手に鉄棒蘭が巻きつく杖を所持した重奈雄は、左手にもった屈軼草の鉢植えに目をむけている。

屈軼草は真っ直ぐに佇立《ちょりつ》したままだった。

同日夜。

阿漕浦、無間院。

妙炫は「道場」と名づけてある自分以外、立ち入り禁止とした部屋にいた。

無間如来の掛け軸が下がり、灯明が仰々しく並び、柿や栗《くり》、そして大きな餅《もち》と菓子がそなえてある。妖しい祈禱所と化した床の間の、黒光りする板の床で、不気味な木目が渦を巻いたり、細かい痙攣《けいれん》を具象化したように小さく波打ったりしていた。

床の間の前に佇み耳を澄ます妙炫の双眸で誰も近くにいないないという警戒心が鋭利にぎらついている。

小さく首肯した妙炫は、身をかがめ、供え物がのった台をどかすと、床の一部をカタリとはずした。――隠し収納だ。中には鍵が入っていた。鍵を取り出した妙炫は、床を元にもどすと、床脇に動いた。

その部屋の床脇には襖がついた天井に近い棚、天袋はあったが、違い棚や地袋はない。だから天袋の下に人が入ることができる。

妙炫は少し身をかがめ、そこに入った。

土壁に手をかける。

すると、どうだろう。

土壁の一部が回転するようにクルリと開き――人が入れる隙間が現れた。妙炫の手燭《しょく》が内部を照らす。隠し戸の中は半畳ほどの板の間で、向う側に板壁が見えた。振り返り、もう一度、誰もいないのをたしかめた妙炫。板の間に正座した彼は、板壁に手をかけている。

上へ、ずらした。

二つ目の隠し戸だ。

その向うは地底につづく階段になっていて、妙炫はその暗く狭い階段をあえかな手燭の火を頼りにゆっくり降りはじめた。

階段を降り切ると暗く狭い地下通路が現れた。妙炫は、その蟻径《ぎけい》を忍び足ですすむ。

しばらくすすむと、左右で通路が、わずかに広がる感覚があった。

そしてその拡大した暗がりからサワサワと蠢《うごめ》く怪奇音《おと》がした。

「わしじゃ」

妙炫が口を開くと、音は静まった。

そこで整息した妙炫は、一定の歩幅になるよう細心の注意を払いながら、一歩一歩しっかり数えて十歩すすんだ。一度立ち止った妙炫は深く息を吸うと——かってなく大きな歩幅で足を前に出している。

何事もなく前へすすめた。

少し行くと、この洞窟《どうくつ》に場違いと思われるものが、わさわさと茂っていた。茨《いばら》だ。まるで日光をあびているかのように、葉と赤い実をつけた野茨が、びっしり群がっていた。

手燭をもった妙炫は、茨がつくる壁に、

「茨ども。妙炫じゃ」

愛玩《あいがん》する動物に語りかけるような調子で言った。

元より茨は、答えない。

と、

「茨ども。妙炫じゃ」

茨の壁の向うから成熟した女の声がした。と、俄かに茨が左右にわかれた。

刺々《とげとげ》しい防壁が開けた向う側から扉が現れている。

妙炫は、錠前に、鍵を挿した。

扉が、開いた。

手燭の火が、闇の世界の内臓のような、地下室を照らした。声がしたはずの地下室。

——無人であった。地下室をかこむ土壁には龕《がん》——壁を掘ってつくった棚——がもうけられていた。妙炫はまず左側の壁に掘られた龕にむかう。その龕には、油皿が置かれていた。

油に、火が、うつる。

室内は一層明るくなっている。

地下室の床には目が覚めるような緋毛氈《ひもうせん》がしかれていて、文机《ふづくえ》が一つだけ置かれていた。

部屋の奥の土壁には比較的大きな龕が掘られていて絹布でつつんだ箱のようなものが安置されていた。

手燭を文机に置いた妙炫は、箱を取りにむかう。そっともった箱を文机に置くと、まずゆっくりと絹布をはずした。

白木の箱が、出てきた。

蓋《ふた》を取る。

中には――異様な物体が入っていた。

それは手にもてるくらいの大きさで、女人《ひと》の形をしている。

が、植物のようにも思える。というのは茄子のそれに似た葉が頭の上についていた。植物の根の所が――女の裸体《からだ》になっているのである。長い髪と顔、そして丸くふくらんだ乳房の辺りは緑色。そこから臍《へそ》にかけて徐々に白っぽくなり、下腹から足にかけては真っ白だった。

そういう怪しい人型植物が……大切にしまわれていたのだ。

「ナウマク・サマンダボダナン・アル・ラウネン・ソワカ、ナウマク・サマンダボダナン・アル・ラウネン・ソワカ。無間如来様……限りなき叡智《えいち》をもたれし御仏よ」

妙炫が無間如来と呼んだ妖しく小さい女、いや植物は、目を閉じていた。顔の色が緑でなく白であれば、無数の男を蠱惑《こわく》するのではないかと思えるくらい、凄艶《せいえん》なかんばせだった。三十歳くらいの妙齢な女人に思える。

女が、目を開く。

妖しい瞳である。

白目の中に三つの緑の瞳が濡れ光っている。一つは大きく、二つは小さい。小さい二つは大きい一つの衛星のように、すぐ近くで密着していた。

「妙炫——重奈雄への手は打ったか？」

緑唇《くちびる》が開き、白い歯と、紫の蛇が如き舌が見える。白い目の中で、三つの瞳が、別々の方向に蠢く。

「はっ。信頼できる男をむかわせました。こういう物騒な仕事には、なれている男です」

女は、

「……手強《てごわ》き相手ぞ。二重三重にも防壁を張りめぐらしておく必要があるぞ」

「ぬかりありません。お城の寺社奉行様にも、庭田重奈雄と池大雅なる妖賊が、当院の御本尊を狙って襲撃をくわだてておる旨を、報告いたしました。お奉行様は明日には人数をつれてこの寺の警固にこられる予定です」

「なら、よいのじゃ。重奈雄めは、妾《わらわ》とそなたを引きはなそうとしておる。妾をそなたから取り上げ……妾の体を引き裂くつもりぞ」

「何と恐ろしいことを考える男でしょう。何としても、如来様をお守りしたいと思うのです」

妖女が笑む。

「そうじゃな。そなたと妾は、一心同体。妾なくして、そなたの今の成功はなかった」

「はい。わかっております」

「それに、そなたには夢があるはず」

「はい。我が夢は津藩の殿様ではなく、将軍家の相談役にならねば……叶《かな》えられませぬ」

「うむ。そなたが、将軍家の相談役まで上りつめる策を——妾は考えた」

「おお、無間如来様！」

歓喜が、妙炫の声にこもった。

「何としてもそれをお教え下さい！　重奈雄からお守りする手を打った、祝儀としてそれを……。この妙炫の救いをもとめている百姓や漁民で、世の中は溢れ返っておるのです。彼らが胸を張り、幸せを享受できる世をつくるには、わたしが日本の仏法の頂たる法王の位につき、将軍家の相談役となり、天下の仕置を根本から変えねばなりませぬ」

目を爛々《らんらん》と輝かせた妙炫は勢いよく言った。

「それは実にむずかしいぞ。まず、庶人の出から法王になった者は弓削《ゆげ》の道鏡《どうきょう》以来一人もおらぬ。それ以降の法王は全て、出家した上皇じゃ。その無理筋を可能にする訳じゃから……余程、大きい見返りをもらわぬ限り、その策は伝授できぬ」

「ですから、重奈雄から如来様をお守りする見返りとして……」

「——たわけ」

ねっとりした嘲笑《ちょうしょう》が、妖女の否定には込められていた。

たわけと言われた妙炫は目をしばたたかせている。

「妾を重奈雄にとられ、この世で一番困るのは……お前であろう？　だからお前は、妾に言われるまでもなく、妾を守らねばならぬ。違うか？」

「その通りにございます」

「であるならば、重奈雄の駆逐を、そなたが立身する秘策の見返りに、もちいる訳にはいくまい。それは、筋が違う。

そなたは当然の義務として、重奈雄、大雅、そして蕭白を退治し、その上でしかるべき見返りを妾に払い、将軍家の傍で活躍する秘策を伝授される。その形でなければならぬ」

「……はい」

　不本意ではあるが、妖女の言葉をつらぬく整然たる論理性に太刀打ちできず、妙炫は言葉を呑み込む。

「妙炫……ここに、指を入れてたもれ」

　妙炫が無間如来と呼ぶ者は潤みをおびた声を発した。

「……こう、でございますか？」

　かすれた声を出した妙炫は——妖女の緑の唇に、指を入れた。ぬめるような温《ぬく》もりが妙炫の指にからみつく。妖女は、紫の舌で、妙炫の指を舐《な》めた。

　刹那《せつな》、妙炫の体を稲妻につらぬかれたような快楽《けらく》が走っている。妖女に舐められた指から、官能の痺《しび》れが顔や喉、胸や腹、股間や足の先にまで一気に広がったのだ。妙炫は頭巾《ずきん》で頭を隠し、名古屋の女郎屋に行った覚えや、春を鬻《ひさ》ぐ熊野比丘尼《くまのびくに》を町外れの森で抱いた経験がある。その時に感じた快楽が、全器官、全皮膚を濁流のように揉む感覚、それが今感じている快楽なのだ。

　それはまさに……魔性の大快楽と呼ぶべきものだった。

　不意に、妖女が、唇をはなす。

名残惜しそうな面差しになる妙炫に口まわりを草汁《つば》で濡らした妖女は、

「では――供物の名を告げる」

「………」

苦悶《くもん》を顔に浮かべた妙炫は瞑目する。

「何をためらっておる、妙炫。そなたは既に、二人の者の命をささげ……今の地位を得た」

妖女の囁き声が、する。

「最早《もはや》、何もためらうことはあるまい。この世の草木が雨と日の光を必要とするように、妾は――人間《ひと》の命を必要とする。そなたが、供物にささげる者の心の臓は止るが、妾はより知恵深くなるための養分を得る……。

妾の全てを見通す知恵は、そうやってさずかりしもの。そなたの栄達は妾の知恵を土台としておる」

「おっしゃる通りにございます」

開眼した妙炫は紫の舌で舌なめずりする妖女を見た。それは、獲物を獲得できることを喜ぶ、肉食の獣の笑みだった。

「おようと申す海女。あの者を――我が供物に」

妖女は、宣告する。

「おようを……？　なりませぬっ」

衝撃が、妙炫の面を走った。

「どの口が言うか、妙炫」

「寺男の新八ではどうでしょう？」

妖女は首を横に振る。

「そうやって、すぐに供物に差し出そうとする辺り……新八はそなたにとって大切な者ではあるまい？　それならば、妾は美味《うま》く食せぬ。知恵を得る、養分にならぬ。そなたは親友を差し出して、この寺をつくり、母親を差し出して、おうのの病を治し、城の御用をつとめるようになった。藩主の相談役となった」

おうのの方は、安濃津藩主・藤堂高朗《たかほら》にもっとも寵愛《ちょうあい》されている側女《そばめ》だった。

「そのそなたが、おようを差し出すことを、何ゆえ峻拒《しゅんきょ》する？　そうか、妙炫……そなた、おように惚《ほ》れておるのじゃな？」

顔を赤黒くした妙炫は、黙している。

「――面白い。そういう者こそ妾には美味。おようをそなえよ、妙炫！　さすればお前は、法王になり、将軍家の相談役として天下の政《まつりごと》を、根本から改革できる。願いを成就できる」

「…………」

妙炫の父は、信濃の寒村の村役人だった。飢饉《ききん》と重い年貢による百姓たちの窮乏を座視出来ず、一揆の首謀者となった。藩庁に抗議し磔《はりつけ》にされた。領主の意向もあり名主は百姓のために立ち上がった妙炫の家を村八分にした。

いわば義民と言うべき父と、その家族にあびせられた非道な仕打ち。

――そうすることで歯向かう気持ちを根ごと刈り取り、徹底的に摧伏《さいふく》させてやろうという領主の意志、左様な領主の振る舞いを黙認する幕府の思惑を、おさなき妙炫は正しく読み取っていた。

世の中を変えたい。

世の中の土台をささえている百姓が誇りと喜びをもって毎日をすごせるようにし、年貢の減免をもとめたくらいで死罪にされるような仕組みを変えたい――。

少年は、決意した。

村にいても押し潰《つぶ》される未来は目に見えている。

だから出家し、伊勢に出た。農民として名声を得る望みも、農民から武士になって高い地位を得る展望も断たれた妙炫は——仏の道に救いをもとめ、高僧になって世の中を変えようと考えたのだ。

だが出家してみて失望することも多かった。

西来寺の和尚や、妙海は違ったが、堕落した僧というのも多かったからだ。妙炫はそんな僧たちに背をむけるように、世の中の底の方で這《は》いずりまわる人々に手を差しのべたいと考えた。刑場に行き、今から処刑される罪人に、読経をすすめ、最後の心の安穏をもたらす活動をはじめた。和尚や妙海にすすめられた訳ではない、自分の意志ではじめたその活動の際、罪人たちに磔刑《たっけい》に処せられた父を重ねる己がいた。

それは真夏の一日《いちじつ》で刑場で草むしりがおこなわれた日であった。

妙炫は、エノキの木陰で刑吏が倒れているのを見い出した。その男は片手に雑草をにぎり倒れていた。地面には、草が生えていたと思われる小穴がある。男がにぎっているのは茄子に似た花の咲く草で、茄子は紫の花を咲かせるのに対し、この草は全く同じ形状の黄色い花を咲かせていた。

『大丈夫か？』

助け起そうと近づいた妙炫はぎょっとする。

男は既にこと切れており、彼がにぎっている草の根が小さな人間のような姿形をしていたからだ――。

すると、草の根は土がついた唇を動かし、しゃべりはじめた。

『人間よ。何をびっくりしておる？　こやつは、妾を引き抜き、叫び声を聞いて死んだのじゃ。案ずるな。妾は、害をくわえようとする者にしか叫ばぬ。そなたが妾に害をくわえねば、そなたを、叫びで殺すこともない。良いな？　妙炫』

瞳で、妖しい緑光が輝く。刹那、それまで雲一つなかった晴天が、俄かに曇り出す。

妙炫は驚きで喉がつまり、言葉も出ぬ。

『そなたと妾の間に、いくつか取り決めをもうけよう。

一つ。そなたは妾の存在を決して他人にもらしてはならぬ。

二つ。――全て、妾の言う通りにせよ。妾が何か要求する時、お前は自分の意志を全てすて去り……妾の言いなりになるがいい。さすればお前は成功できる。

妙炫、一つ目の要求をするぞ。お前の部屋にもちかえり、泥で汚れたこの体を綺麗に拭《ふ》き、箱に入れて隠すのじゃ』

『何故……我が名を知っておる？』

やっとのことでそれだけ問うと、

『我が名はアルラウネ。――この世の、全てを知る者。我が宿敵、妖草師どもは諦《てい》聴草《ちょうそう》と呼ぶようじゃが……。何故、妾が全てを知るか、その詳《つまび》らかな話は、西来寺でしょう。初めが肝心ぞ妙炫。妾の初めの命令を、疑わずに速やかに実行できるか？』

突如、土砂降りが、妙炫の体を叩いた。これが、妙炫が無間如来と崇《あが》めるアルラウネ（諦聴草）との出会いであった。

アルラウネ――主にドイツで出没し、グリム兄弟などに紹介された妖草である。曼《まん》荼羅華《だらけ》（マンドラゴラ）の変種とも言う。

曼荼羅華は庭田邸でもそだてられている妖草で人の姿をした根から惚れ薬がつくれる。

しかし、この根は、引き抜かれる時に世にもおぞましい叫びを上げ、引き抜いた者を殺す。故に曼荼羅華を得る時は犬をつかう。犬の首縄の一端を、妖草の茎にむすぶ。しっかりと耳栓をし、はなれた場所から犬を呼ぶ。

名を呼ばれてそちらに走りはじめた犬は、恐ろしい妖草の叫びを聞いて、息絶える。曼荼羅華は斯様《かよう》な形で引き抜かれれば萎《しお》れ、根から薬が取れる。

アルラウネが恐ろしいのは、誰かが抜いて、その者を殺しても……保護者を見つけ、箱に入れて冷暗所に置くなど、正しいやり方で保存すれば、生きながらえる処にある。生きながらえたアルラウネは、深い知恵で森羅万象を知り、様々な情報を保護者にあたえる。そして時折、保護者のもっとも大切な者の命を、「見返り」として要求し、箱の中で益々そだってゆく。

アルラウネは、無罪なのに拷問され処刑された男が、童貞であり、死に際に尿《いばり》か精液《せい》を放った時、その場所に芽吹くという。みたされなかった欲望、あるいは欲望がみたされなかった怒りを苗床とするのだ。

まさに悪魔が如き妖草――。

この妖草を人々を救うために現れた「仏」と認識した妙炫は、自分の大いなる夢、百姓や漁民などが幸せと安穏、希望をもって生きていける世の中にしたいという目標のために、様々な知恵や助言をアルラウネから得てきたのである。

妙炫に救われ悩みや病が解決された貧しき人は大勢いる。

しかし妙炫は、自らの目的のため二人の親愛なる者の命を、アルラウネに要求されるがままにささげた。

一人は、様々な局面で妙炫をかばってくれた親友、妙海。

もう一人は、実母であった。

そして今、魔性の草は――伊勢のおおらかな海女、およう の命をささげよと妙炫にもとめている。

「妙炫、天下に安穏をもたらしたいというそなたの願いと、一人の女……どちらが大切なのか？」

「何故、今、およう なのでしょう？」

「三つ目の取り決め。妾に、いろいろ質問してよい。だが、妾の要求、命令の意図を訊ねてはいけない」

面貌を赤黒くし沈思黙考した妙炫は血がにじむような声で言った。

「……二、三日、考えさせていただいてもよろしいでしょうか？」

「よかろう。そなたにとっても、大切な岐路じゃしな。だが――重奈雄の駆逐は徹底してやるようにな」

「重々、承知しております」

蓋をかぶせた妙炫は、力をなくした様子で元の場所にもどした。

二十八日、重奈雄は甲賀土山《つちやま》まで行きたかったが、冬の雨がそれを断念させた。三人は甲賀水口《みなくち》に宿をとった。

翌二十九日。

(――一刻も早く、着きたい。だが、三株しかない一夜瓢は全て蕾《つぼみ》。韋駄南天は危なくてつかえぬし)

庭田邸に三株だけそだてられていた一夜瓢を、重奈雄は全てもってきた。だがこの妖草は白い花を咲かせねば――その妖力《ちから》を発揮しない。

今日は東海道を関宿《せきじゅく》まで行き、そこから伊勢別街道に入り、椋本《むくもと》まで行く予定だ。

未明に水口を出た重奈雄たちは今、鈴鹿《すずか》越えの難所に差しかかっている。

左右では鬱勃《うっぼつ》たる杉林が、厳《いか》めしく佇んでいた。

大雅が、

「鈴鹿をこえて阪之下《さかのした》を抜けると、左手に筆捨山《ふですてやま》が見えます」

重奈雄は、

「奇岩が屹立《きつりつ》し、いろいろの草木が茂る絶景の山だな」

「はい。あまりの絶景に狩野元信《かのうもとのぶ》が筆取ったんやけど、霞《かすみ》や雲に邪魔されて、筆すてた。それが名の由来どす」

「待賈堂さんも……こういう旅でなければ、ゆっくり筆捨山を絵にしたいだろう」

「それはもう」

「よし。伊勢に現れた妖草を無事刈れたら、じっくり腰を据えて筆捨山を絵にしよう。俺に絵をおしえてくれ」

「喜んで。……ところで庭田はん。伊勢に出た妖草、どないな妖草なんどす?」

「……諦聴草。異国ではアルラウネと呼ぶらしい。くわしくは、西来寺につき蕭白もまじえた処で話そうと思う」

「わかりました」

伊吹樫の杖をもった大雅は、大きくうなずいた。一行は峠の頂をこえ伊勢国に入る。急な山道を少し降りた所に、檜《ひのき》や杉の重たい林を背負った茶店がある。客が幾人かやすんでいた。

向う側から、馬を引いた馬子が唄を歌って、急坂《さか》を登ってくる。馬は樽《たる》を二つ振り分け荷にして背負っていた。馬の少し後ろを藍染《あいぞめ》の矢絣《やがすり》模様の衣を着た子供が、篠竹《しのだけ》を楽しげに振りまわし、ひょこひょこと登ってくる。樽の中身はアワビや魚を、醤油や塩でつけたもので、後ろからくる子供は、馬子の子だろうと、重奈雄は思った。

と、茶店でやすんでいた男が六人、すっと腰を上げ、往来に出ている。

重奈雄は反射的に左手にもった鉢植えに視線を流す。

悪に反応する妖草、屈軼草は——ビクンと、痙攣したかのように、体を九十度おりまげ、急速度でひれ伏した。

六人の男は、四人が渡世人風、二人が無頼の浪人という出で立ちである。

「おいでなすったようだな」

重奈雄が呟く。

「範五郎さん、この鉢植えをあずかってくれ」

範五郎に屈軼草を託した重奈雄。左手は懐中から何かの種を取り出し、右手は鉄棒蘭の杖を構える。重奈雄の様子を見、緊張の面差しとなった大雅も、杖を構える。

「庭田重奈雄やな？」

白髪交じりの渡世人風が、一歩、前に踏み出す。小さい男だ。黄ばんだ出っ歯を剝《む》き出しにして笑んでいた。だが——双眸は場違いなほど冷えていた。闇の仕事を幾度もこなしてきた男がもつ、冷えた凄気《せいき》を漂わせていた。

六人の向うで馬子唄がふつりと切れる。

只ならぬ気配を感じた髭もじゃの馬子と、その子供は、いそいで馬を、道端に引いている。

「だとしたら？」

重奈雄が、訊ねる。

「――お前に遺恨がある。ここを通す訳にいかん」

「お前の名は？」

「よりどりみどり、や」

男は、言った。重奈雄が訝《いぶか》しむ。

「奇妙な名だな」

「若い時分のわしは……博打《ばくち》で一度も負けてへん。そんなもんで……何処の宿場の飯盛り女も、よりどりみどり」

「俺はお前の遺恨をかう覚えはないが」

「胸に手ぇ当てて、よぉく考えてみぃ」

「――大無間宗の手の者なのではないか？」

「やっつけぃ！」

よりどりみどりが、男たちに命じる。

渡世人たちが仕込み刀を、浪人どもが大刀を抜き払う。

同瞬間、重奈雄は左手にもった種を男たちの足元めがけて、投げつけた――。何も起きない。男たちはまかれた種を踏み越えて、こっちに、こようとする。重奈雄の左手が種めがけて塩を散布する。

と、

「うわぁぁぁ、何やこれぇぇ！」

男たちの悲鳴が東海道にひびきわたった。

重奈雄が投げた種は、塩とふれ合うや忽然《こつぜん》と芽吹き――高速で茎をのばし、葉や淡紫の花をふくらませ、異常の怪力で男たちの足にからみついたのである。一見何の変哲もない野の花だが細い茎は強靭《きょうじん》で、男たちが逃げようとしても益々強くからみつき、幾人かは足から血を流しはじめた。

「妖草・ハリガネ人参」

重奈雄は桜桃《ゆすらうめ》が如き唇に、冷笑を浮かべている。

重奈雄一行が、東海道を、すすみはじめる。三人は道に釘付《くぎづ》けになっている六人の横をすり抜け、坂を降りようとした。一番端にいた凶相の浪人が白刃を振りまわし重奈雄を威嚇《いかく》する。

重奈雄は鉄棒蘭の杖を――すっと、むける。

黒い殺気が風となって吹き、浪人の肩をぶっ叩いた。悲鳴を上げた浪人は刀をすてかがみこんだ処を、体中ハリガネ人参に巻かれ動けなくなった。ハリガネ人参の花が不快な音を奏で、彼をさらに苦しめる。よりどりみどりが仕込み刀でハリガネ人参を切ろうとしていた。斬られぬよう、注意して接近した大雅が、唐犬額《とうけんびたい》にゆった頭部に——伊吹樫の杖を振る。

「くっ」

よりどりみどりはその一撃で昏倒《こんとう》し大地にくずおれた。

重奈雄は、茶店の店主に歩みよっている。

「見たであろう。こ奴らは、追い剝ぎだ。すぐに麓《ふもと》の宿場に使いをやり、こ奴らをからめとらえる人数を出してもらうのだ。我らは先をいそがねばならぬゆえ、これで失礼する」

そう告げると重奈雄らは——街道をはずれ、暗い山林にわけ入った。

よりどりみどり——無間院で蕭白にからんだ寺男の一人である——の他にも、第二、第三の敵勢が、東海道沿いで手ぐすね引いているかもしれない。さらに麓にある宿場、阪之下宿にも、妙炫の手下がいるかもしれぬ。斯様な警戒が重奈雄たちを一度は街道からはなれさせた。三人は山で迷わぬよう、街道からそうはなれていない林を、樹から樹へ身を隠しつつ下山する。
(全てを知る妖草、諦聴草。当然、俺が、妖草《くさ》刈りすべく東海道を伊勢にむかったのも、知っている。だから、よりどりみどりを差しむけた。だが、諦聴草が安濃津にいる以上、このように東海道から俺がはなれた場合……連中は咄嗟《とっさ》に対応できない）

鈴鹿峠を降りる重奈雄は、世界の全情報を知る妖草との、氷の湖上を行くような危ない知恵比べが、伊勢に入ったとたんはじまったのを感知した。もう大丈夫だろうという所で街道に復帰した重奈雄らは関宿に到着。

そこで、重奈雄は、

「伊勢別街道を行くと言ったが、道筋を変える。東海道を亀山まで行き、そこから安濃津を目指す」

諦聴草を攪乱《かくらん》する一手を、また打った訳である。


その頃、無間院の地下でアルラウネこと諦聴草は、

「……よりどりみどりが、宿場の役人どもにとらわれた」

緋毛氈に座し、かしこまっていた妙炫が眉を顰める。

「ご安心下さい。あの者は、伊勢別街道にも第二の罠《わな》を張ると申しておりました」

「――いや。重奈雄は、伊勢別街道をこぬ。亀山まで行くようじゃ」

緑眼を細めた諦聴草は小さく首をかしげる。

「亀山からの道筋も、次々に変更をくわえ……妾を攪乱するつもりであろう。安濃津に入るまで重奈雄を討つのは困難になった。よいか、妙炫、安濃津に入った処を……」

諦聴草は何事か妙炫に指示した。

翌日、曇天の安濃津に重奈雄らは無事、着いた。重奈雄らは亀山からの道筋も、真っ直ぐにはこず、度々道筋を変え、時には道なき道を駆けて、目的の地にたどりついている。西来寺、さらには木綿問屋江原屋には、妙炫の手の者が張りついている恐れがあった。重奈雄は範五郎から江原屋長兵衛と昵懇《じっこん》の旅籠《はたご》、梓屋《あずさや》をおしえられた。梓屋の主人は口が堅く信頼できる人物であるという。

梓屋に入った重奈雄は、宿の者に蕭白への文を託した。

じりじりするような緊張を孕《はら》んだ時間《とき》がすぎてゆく。

と、廊下をこちらに近づいてくる、荒い足音が起る。重奈雄は足音だけで誰だかわかった。大雅も、同じようだ。旅で疲れていた大雅の面貌に生気の光明が、ぱっと差し、一気に表情が明るくなる。

褐色の子持ち菱《びし》がいくつも並んだ襖が、どんと、開く。

「蕭白！」

重奈雄が腰を浮かせた。

無頼の絵師、曾我蕭白は顔にかかったぼさぼさ髪を掻き上げ、少し照れたように笑みながら入ってきた。

「予想より早い再会になってしまったわ。……あいたくなかったが、またお前らの顔を見てしまったよ」

言っていることとは裏腹に、無精髭が生えた顔を嬉しそうにほころばせて、蕭白は腰を落とす。

大雅は、

「何言うとるんやっ、蕭白。伊勢にきて少しは角が取れたか思うとったら、益々ひねくれとるようやのう。わしは……お前がおらん都は、何だか寂しい」

「おいおい。しめっぽくするなよ。妙炫めの妖草を封じるべく、せっかくこの三人があつまったのではないか」

蕭白が言うと、重奈雄もうなずいている。

「そうだ、そうだ」

「で——重奈雄。どんな妖草《やっ》なのじゃ？」

ここは堺町四条のいつもの長屋で、蕭白はふらっと隣からやってきたような錯覚を、重奈雄は覚えた。

「……うむ。恐らく諦聴草だろう。諦聴というのが、何だか知っているか？」

二人が首を横に振る。重奈雄は、

「諦聴は——地蔵菩薩《ぼさつ》の机の下に棲《す》む霊獣だ。言い伝えによれば、人の顔に獅子《しし》の体をもつとか。諦聴は頭のいい奴で、森羅万象の全てを存じている。つまり、俺やお前がいつ何処で生れ、どういう経験をしてきて、今何を考えているか……それら全てを知っている。——未来を読む力はないが、現在《いま》と過去は全て知っている」

「恐ろしい奴じゃな。そんな奴がいるとしたらな……」

蕭白は腕をくんだ。

「そうだ。諦聴草はこの諦聴とほとんど同じ力をもつと言われる、常世の草」

重奈雄は諦聴草の能力や習性について二人に語った。

聞き終えた大雅が、

「……どないしてやっつければ、ええんどす？」

「大根と同じくらいの硬さだから、ぼきりと折ればいい。問題は……」

「曼荼羅華と同じように、折る時、叫ぶ。その叫びを聞いた者は死ぬ訳か？」

蕭白が目を細める。

「そういうことだ。奴は普段叫べる訳ではないが、抜かれる、折られる、あるいは、焼かれるという瞬間、必ず叫ぶ。死の叫びだ」

重奈雄は、荷物をあさる。

「俺は、奴の叫びを少しでも聞かなくするため、伊吹樫で耳栓をつくってきた。これだ」

「旅籠で何してはるんか、思うとったら、そないなもんつくってはったんどすなあ」

大雅が重奈雄にわたされた耳栓を耳に入れてみる。

「相当、聞く音は小さくなるはず。伊吹樫には音を小さくする働きもある」

「じゃが、完璧とは言えまい？」

蕭白が念を押す。

「勿論……叫びが全く聞こえないということはないだろう」

「曼荼羅華と同じように、犬をつかうのは？」

蕭白の提案は重奈雄の首を横に振らせた。重奈雄は石像のように相好を強張《こわば》らせ、固く目を閉じる。

「駄目だ。俺はかつて、曼荼羅華を得るために犬を殺した覚えがある。それは俺の心の傷なのだ。……だからたのむから、俺にそれをさせないでくれ」

「狸《たぬき》か、狐《きつね》では？」

「待賈堂さん、生類の種類の問題ではない。――いかなる生類の命も、此度の敵を討つために散らしたくはない。俺は俺自身の手で、奴を折り、決着をつける。そうでなければ二人の人間の命を諦聴草にささげた妙炫と、変らぬではないか」

全員が静まり返った。

諦聴草を自ら折ると、重奈雄は言う。それは一歩間違えれば命をうしなう、危険な賭《か》けであった。

蕭白が、

「そう言えば無間院じゃが……今、津藩寺社奉行の人数がかためておる。何でも寺宝を狙う盗賊が京からくる、盗みを予告する文をもらったと、妙炫が藩庁にうったえたそうじゃ」

「やはりな。その賊とは俺たちを指すんだろう。妙炫は藩主を思うがままにあやつっておるな。諦聴草がついていれば、たやすいこと。安濃津藩をつかい、我らを潰すつもりだ」

と、

「庭田はん、屈軼草がっ」

目を見開いた大雅が鉢植えを指している。

——どうしたことだろう。悪意に反応する妖草、屈軼草が、かつてない動きを見せていた。緩慢な速度でぐるぐると葉先を四方にまわしはじめたのである。

「……取りかこまれたのか。ここにも、安心していられぬようじゃな」

険しい面持ちになった重奈雄は、策を大雅と蕭白につたえ、必要な妖草を分配する。

同時に襖の向うに人の気配があった。

「庭田様、入ります」

開いた襖の向うから顔を見せたのは、宿の女将《おかみ》である。女将に反応した屈軼草は真っ直ぐに立とうとする。この人は、信用できるということだ。

女将は押し殺した声を発する。

「今、主人が話しておりますが、表に——町奉行様の手の者がきとります。京からきた賊、重奈雄、大雅、それに助力する蕭白を引き渡せと。御三方は江原屋長兵衛さんの知り合いやと、聞いとります。主人は、『江原屋さんのお知り合いに、悪党がおるはずはない。それに、蕭白さんの絵を見たが、天才や。無頼を気取り、奇行も多いが、底の方にしっかりとした温かさがある絵を描くお人や。そないな人が賊の仲間であるはずはない』

そう申しとります。

おたいもそう思います。お助けいたします。裏口の方に、まわって下さい」

「かたじけない」

そう言いつつも重奈雄は、

（裏口にも諦聴草の手がまわっているだろう）

と、感知したが、表から出るよりは裏から出る方がいいだろうと考えた。

西日が安濃津の町に差していた。

梓屋の裏庭に茂るモッコクや高野槇《こうやまき》の葉が、橙《だいだい》色《いろ》に光っていた。塀にかこまれた裏庭には古井戸があり、井戸の向うに松が立っていて、枝葉が土壁にふれている。隣家の土壁だ。

青竹でできた長梯子《ながばしご》を下男がいそいでもってくる。

梯子が、壁にかけられた。隣家の屋上に逃げようということだ。

重奈雄たちは、女将と下男に、無言で謝意をつたえた。

梯子を上った重奈雄は屋根瓦を踏む。

西の空に鬼灯《ほおずき》に似た日輪が沈もうとしている。

その逆側、東に広がる伊勢湾にも夕焼けが見られた。どういう訳か東の水平線がほの赤く発光しており、その上に浮かぶ様々な形に千切れた雲が、薄い赤や紫に色づき、言葉という型にはめるのがむずかしいほどの美しさを、垣間見《かいまみ》せていた。

重奈雄は夕焼けの時、西空ほどはっきりとではないが、東の天涯もふんわりと赤くなることを経験上、知っていた。

(だが——今ほど見事な、東の空の夕焼けを俺は見た覚えがない！　今度の敵は……命を懸けて臨まねばならぬから、そう、思えるのか？)

これが最後に見る夕焼けかもしれぬと瞳に焼きつけた瞬間、

「あ、屋根の上や！」

「逃がすな！　賊は、屋根の上ぞっ」

下で叫び、どたどた駆け回る音がした。

「感づかれたか」

蕭白が、

「このままでは、かこまれる」

「——一か八か。あれを嚙むしかない」

重奈雄が指示、三人は、赤い韋駄南天の実を掌にのせる。

「行くぞ」

爆発的な走力を得られるも制御不能に陥る恐れがある妖木の実を口にはこぶ。

韋駄南天を、噛んだ。

刹那——足の筋肉が咆哮《ほうこう》を上げている。三人は、屋根の上を、猛速度で駆けはじめた——。屋根から屋根へ、走りながら跳ぶ。西の山も東の海も、過ぎ去る高速の線となって、風景が目まぐるしく変ってゆく。地上でふためき走る追手を完全に振り切った気がした。

と、思った瞬間、

「うわぁぁ——！」

重奈雄の後方で、大雅の叫びが下に落ちて行った。

「大丈夫かっ」

韋駄南天の扱いに、もっともなれている重奈雄が——杖からのばした鉄棒蘭を、さる家屋の鬼瓦に巻きつけ静止する。

蕭白がすぐ横を、旋風となってすぎて行った。蕭白は韋駄南天が起す疾走を止められぬらしい。

大雅は、町屋と町屋の間に広がる空き地に落ちたようだ。

重奈雄が、鉄棒蘭よ、鬼瓦からはなれ、あの空き地のシュロに巻きつけ、と念じるや、棒状妖草は重たい風を起して——目標の木にからみつく。重奈雄はシュロを軸とし、振り子のように、大雅の近くまで行く。空中にいる重奈雄の足は韋駄南天の働きで隙《すき》あらばバタバタ動き出した。空き地に転がった大雅は、血だらけになった足をさすっている。

「骨が折れたか?」

重奈雄が下方にいる大雅に言う。

弱々しく首を横に振ると、大雅は、

「一回、厠《かわや》の屋根に落ちてから、ここに転がったさかい、骨は折れてまへん。しゃぁけど、足が痛くて、痛くて……もう走れまへん」

苦悶で、面を歪めた。

「……不幸中の幸いだ。しかし、このままでは、ここに追手がくる」

「庭田はん、ええもんが」

大雅は白い花を咲かせたある妖草を取り出す。

「おおっ、咲いてくれたか!」

その妖草を重奈雄たちは今、一人一本ずつもっていた。

「俺の分も咲きそうだっ。よし、待賈堂さんには、そいつをつかい、ある場所に行ってほしい。……俺の分もわたしておく」

重奈雄は二本の妖草をもった大雅に、秘策をさずける。行こうとすると、

「庭田はん！」

呼び止めた大雅は伊吹樫の杖を振る。

「これもう、わしがもっとってもしゃぁない得物《もん》や。……棒術が得意なあの男にっ」

「承知した」

杖をあずかるや、再び屋上の人となって蕭白が消えた方に駆け去った。

その少し後――

「賊はこの辺に落ちたぞ！」「御用！」「御用！」「御用っ」

物凄い数の役人たちが大雅が呻《うめ》く空き地に殺到してきた。

重奈雄と蕭白は、韋駄南天の疾走力により、安濃津の町を南へ駆け抜けた。妖木がもたらした力は阿漕浦につく頃にようやくおさまっている。

既に日は完全に没し、やわらかい青が万物をつつみ込む刻限となっていた。

「──あれが無間院じゃ」

蕭白が顎《あご》で指す。

二人は今、無間院の裏にいた。篝火《かがりび》が煌々《こうこう》と焚《た》かれ、槍《やり》や熊手をもち、鉢巻に襷《たすき》という出で立ちの武士たちが周りをかためていた。寺社奉行所の人数である。

武士がかためる築地の向うに、シイの木立がこんもりとあり、そのさらに奥にこちらに背をむけて立つ本堂がみとめられる。

「あの武士どもが厄介じゃな」

重奈雄が囁いている。と、騎馬の武士が六名、表門の方からこちらにドドドと土煙を飛ばし、急接近してくる。

藪《やぶ》に潜んでいた重奈雄は、息を潰して押し出した塊が如き、低い声で、

「──早くも感づかれたか」

蕭白が重奈雄に一本の妖草をわたす。

「重奈雄、わしが引きつける。そなたはこれをつかい、寺の中に。……道場という場所が怪しい」

「一人で大丈夫か？」

「その代り、知風草を全部わしにくれ」

「うむ」

知風草を重奈雄からわたされた蕭白が、藪を出る。

「あっちに逃げたぞっ」

騎馬の者が蕭白に引きつけられた。その隙に重奈雄は――蕭白からもらった妖草を、自分の前にかざした。瓜科植物特有の蔓葉《つるは》に幽霊が如き儚《はかな》さをもつ白い花。重奈雄が手にもつ妖草は、一夜瓢であった。

天稚彦草紙《あめわかひこぞうし》にその名がのこされた、信じられぬ距離の移動を可能とする魔草《くさ》である。東海道では蕾であったその白花《はな》は、今しっかりと咲いている。先刻、重奈雄が大雅に自分の分をわたしたのも、一夜瓢であった。


同刻、紀伊国和歌山城《きいのくにわかやまじょう》――

ついさっき、伊勢安濃津にいた、足を怪我した池大雅は何と――直線で三十里（一里は約四キロメートル）以上はなれた紀州藩主《きしゅう》・徳川宗将《むねのぶ》の弓場にいた。

宗将は夕餉の前に日課である弓の百本稽古《げいこ》をおこなおうと弓場に立っていた。三十本目を射た時、的の前に……忽然と町人風の男が現れた。咄嗟に何が起きたかわからぬ宗将は、狐に化かされたかと思い素早く両眼をこすっている。

だが、現れた町人は消える気配を一向に見せず、

「あ、妖しい者ではありまへん！」

　夢中で叫んだ。

「十分妖しい。ひっ捕らえい！」

　一喝すると、藩士たちが、町人に殺到した。眼前に引き据えられた町人に宗将は見覚えがある。

「そなた……たしか」

「池大雅どす！」

「そうじゃ。妖草師・庭田重奈雄殿の友人、池大雅じゃ！　者ども、手をはなせっ」

　武士たちに解放され、ほっと一息つく大雅に、宗将は、

「大雅、一体どうして……いきなり和歌山に現れた？　これも庭田殿の妖草のなせる業か？」

　徳川宗将は去年、江戸の紀州藩邸に現れ父、宗直《むねなお》を殺《あや》めた妖木を重奈雄の力をかりて克服した。大雅ともその折に面識があったのである。

「はい。実は今、重奈雄は伊勢で大変な危難に遭っとります！　御力をかりたいゆう一念で、和歌山まで参りました」

「恩人の庭田殿が危機に陥っていると？　聞きずてならぬ。くわしく、話せ」

その頃、蕭白は知風草で、人馬を吹っ飛ばすくらいの魔風を引き起し、武士たちを翻弄《ほんろう》していた。蕭白現るの急報を本堂前で聞いた妙炫は安濃津藩寺社奉行・孕石美《はらみいしみ》濃守《ののかみ》の方をむいた。

「孕石様。拙僧は、御本尊様の傍にいようと思います」

「それがよかろう。表のことは、わしにまかせよ」

美濃守がかぶった陣笠が、縦に振られる。

「新八、たのんだぞ」

新八以下、三名の屈強の寺男は、鉢巻をしめ、竹槍や刺股《さすまた》をたずさえている。妙炫は階《きざはし》を上り本堂に消える。

重奈雄は、ここではない何処かに行きたいという願いを苗床とする妖草・一夜瓢をつかい——その場所にいた。

道場へ、道場へ、妙炫の道場へ！　この一念が極限まで高まった時、ポンと軽い音を立てて白い花から白煙が生じ、その煙に巻かれるように重奈雄は、妙炫の道場、つまり無間如来の掛け軸がかかった部屋に、忽然と現れた。

寺外から寺内へ——瞬間移動した訳である。

が、さっきから真剣にさがしまわるも、諦聴草を入れた箱らしきものは見当らぬ。

早くしなければ、人がくる。焦りが熱い滾《たぎ》ちとなり、重奈雄の体を暴れまわる。

（もしかしたら、罠かっ）

狩人が仕掛けた、死の淵にはまり込んだ動物が感じる恐慌が、湧き起りはじめた。

音を殺してさがしまわるも、箱はない。と——人が近づいてくる気配がある。

妙炫は内陣、左奥の扉を開け、道場の襖を目指す。薄暗い廊下を歩む妙炫は何者かが動く音を聞く。はっとした妙炫。連子窓《れんじまど》に飛びついている。

「……猫か」

一匹の猫が本堂脇の芭蕉の葉陰をそそくさと駆けて行く。

気を取り直した妙炫は、道場の襖を、開けた。

——中には誰もいなかった。

「…………」

だが、何かがさっきと違う。自分以外立ち入り禁止のこの部屋の己がつくりあげた均衡。その何処かに、かすかな罅が入り、それが異物感となっているのだ。誰かが何かを動かしたが、それが何なのかわからぬのかもしれない。

「重奈雄かっ」

強い眼火が、双眸に灯《とも》った。

緑光が地下道を照らしている。鉄棒蘭の杖に明り瓢を下げている。重奈雄は、秘密の通路を足早に歩む。

ついさっき、薄暗い部屋の隅に身を隠そうとした重奈雄は――土壁が動くことを発見、この通路に入った。

(いそがねば、妙炫がきてしまう)

と――重奈雄の懐から、草連理が入った巾着《きんちゃく》が落ちた。ひろおうとする。

ビュン！

殺気が突風となり頭のすぐ上を横からつらぬいた――。

はっとした重奈雄は、鉄棒蘭で襲撃者をぶちのめす。バキバキと敵が砕ける音がした。緑光を当てた重奈雄は、

(怨《うら》み篠竹！)

妖木・怨み篠竹——怨み竹の小型のもので、人の世の矢竹と同じ姿をしている。人間の喉や目を突くことを得意とする常世の竹である。

（……草連理にすくわれたか。かがんでいなければ、横から串刺しになっていたわ）

幸運をもたらす草連理を懐にしっかり入れた時、後ろから激しい足音がひびく。

（——妙炫か）

重奈雄は、駆ける。

前方にも敵がいるようだ。わさわさ動く音がした。そいつが何者かわからぬが——鉄棒蘭を発進させる！　刹那、重奈雄の直下が張り裂け落とし穴が口を開いて呑み込まれかけた。が、その時、既に鉄棒蘭は前方で立ちふさがらんとした動く茨——茨の古木が妖木化したものだ——に、巻きつき、縊《くび》り倒さんとしていたから、重奈雄は完全には落ちず、穴の底に仕掛けられていた槍の穂先が足をかするにとどまった。

（ちぢめ）

鉄棒蘭に念じるや、重奈雄の体は穴から引き上げられている。同時に茨の化物は大《だい》音声《おんじょう》立てて破壊された。

扉が、あった。

鉄棒蘭で壊そうとすると、

「動くな！」

後ろから鋭い一声をあびせられる。

ゆっくり顧みる。

「火縄要らずの短筒をもっておる。一歩でも動けば、撃ち殺す」

黒い僧形の影が落とし穴の向うに立ち何かを構えていた。

「妙炫上人。出家の身で、随分、物騒なものをお持ちのようだな」

重奈雄は、言った。

「ふ。そなたのような男がおるからよ」

「諦聴草に言われるがまま……人を二人、殺めているようだな？」

「……殺してはいない。供えたまで」

「同じことぞ、妙炫！」

「大望がある。百姓や漁民が、安心して暮せる世をつくりたい！……年貢減免の一揆を起して斬られるなどということを、終らせたい！」

「立派な心がけと思う！　だが、その立派な心がけのために人を二人殺していいはずはない！」

妙炫の影が大きくわなないている。重奈雄は、言い聞かせるように、

「信濃の寒村で村八分にされ、辛かったろう？　母御がそんなお前の心の支えになったことは？　伊勢に出てきて何もわからぬお前に、いろいろなことをおしえてくれた妙海。そんな妙海がいてくれてよかったと思ったことは……？」

重奈雄の説諭をぶった切るような激しい気を、妙炫が発する。

「お前と問答をしている暇はないっ。三つ数える内に、その杖を、穴の方にゆっくりと放れ。そうせねば引き金を引く」

物凄い緊張感が、重奈雄の総毛を立たせていた。

「一、二……」

重奈雄が杖をゆっくり放る。

瞬間、

(動けっ)

投げられた鉄棒蘭が豪速で動き——妙炫の手を打ち据えた。筒音がして、赤い閃光が、弾《はじ》けている。だが重奈雄は無事だ。

短筒を落とした妙炫は鉄棒蘭の杖をつかもうとするも、重奈雄の方が速い。杖を確保した重奈雄は——鉄棒蘭で妙炫を打擲《ちょうちゃく》する。肩を打たれた妙炫は地下道の壁に背をぶつけ動かなくなった。

扉を、ぶっ壊す。

中に入った重奈雄はそれらしき箱を見つけた。蓋を開けると、緑の瞳と目が合った。

「庭田重奈雄、そなたはくると、妾は、わかっていた。妾は……あらゆる知恵をお前にさずけ、ありったけの富を約束し、お前が望むものをお前にあたえよう」

「――ほう。俺が望むものとは何だ？」

諦聴草の緑の唇がほころぶ。そして、紫の舌と紫の口腔《こうこう》を、遊女が誘うような仕草でゆっくり開け、

「天眼通。椿がもつ力を、お前も得たい。違うか？」

悪魔の誘惑を断ち切るかのように、重奈雄は乱暴に諦聴草をつかむ。

「妾を殺すつもりか？　さすれば、妾は叫ぶ。お前がつくった耳栓など役に立たぬし、その叫びは地上まで聞こえ、寺社奉行以下上にいる者たちも、全員死ぬ。それはお前の望む処ではあるまい？」

妖草は重奈雄の心中を全て読み取っていた。

小さい妖草はずっとしゃべっていたが、重奈雄は耳をかたむけない。諦聴草を左手にもち右手に杖をもった重奈雄は地下道を走る。階段を、上る。道場には誰もいない。この部屋は特殊な部屋で障子はなく、板壁、土壁にかこまれていて、出口は襖一つし

かない。それを、開ける。

重奈雄が出た廊下は前方に扉があり右手に連子窓が一つもうけられている。

鉄棒蘭で連子窓を壊した重奈雄は、外に出る。そこで、

「怪しい奴！　出合え、出合えぇ！」

寺男の新八が左から叫び、弓をもった侍が二人、右から駆けてきた。

「神妙にせよっ」

矢が構えられ――新八の後ろからも槍をもった侍が三人馳せ参じる。と、諦聴草が、
重奈雄の手にいきなり嚙みついた。

予想だにせぬ攻撃に、重奈雄は諦聴草を落とす。諦聴草はびっくりしている新八に
むかって手足で這いながら、

「我こそ無間如来ぞ！　新八、お前があらたに我が言葉を聞く者となるのじゃ」

わたすものかと重奈雄は、左手でつかもうとする。が、武士が矢を放ち――肩に当
ったため、取り逃がした。驚愕《きょうがく》していた新八だがこの妖しい植物こそ妙炫の力の源
であったかと気づいたようで夢中で飛びかかろうとする。

「妖草・風顚磁藻！」

重奈雄の左手がさっと取り出したのは、毬藻《まりも》に似た妖草だ。もう少しで新八に確保

されるという時——諦聴草は怒りの声を上げながら、重奈雄にむかってもどされ、風顚磁藻にくっついた。まだ折ろうとはしていないため、敵は叫べない。風顚磁藻にくっつかんとする鉄棒蘭には、

「新八を」

黒い突風が新八に叩きつけられ、憐れな叫び声が境内を転がる。新八は戦力を奪われるも、敵はまだいる。武士が放った矢が重奈雄の傍をかすめた。

左手に諦聴草をかかえた重奈雄は、右手の杖をすてると、最後の韋駄南天を噛んだ。燃えるような力が足に広がった——。

その頃。

安濃津藩主・藤堂高朗は愛妾《あいしょう》、おうのの方と夕餉をとっていた処、異常の事態に直面していた。

——池大雅を名乗る町人風の男が、いきなり眼前に現れ、紀州藩主・徳川宗将の文なるものを差し出してきたのである。小姓近習《きんじゅう》に羽交《はが》い締めにされた大雅を、半信半疑の面持ちで見つめていた高朗は、一層驚いた面持ちになる。

「……まさしく紀州公の筆跡と花押《かおう》じゃ」

手紙を読み終えた高朗は険しい面差しになっていた。

「この者を牢《ろう》に。もし、この者が申す通り……紀州公の早馬が当地にきて、同じ手紙をわたすなら、牢から放て。もし早馬がこぬ場合は斬れ！」

牢に引きずられてゆく大雅は一夜瓢を二本託されていた。一本目をつかい和歌山へ行き、二本目をつかって安濃津にもどってきた訳である。


重奈雄は畑を疾走している。

韋駄南天で爆発的疾走力を得た重奈雄は、五輪塔に跳びのり、そこを足場に築地塀を跳びこえた。塀の向うでは武士が二人——気絶していた。

曾我蕭白。

蕭白は知風草の暴風でこの武士たちをふっ飛ばし重奈雄の逃げ道を開いていたのである。

蕭白が開いた活路を通り、逃走した白皙《はくせき》の妖草師は、今、星空の下、海を目指していた。潮風が正面からぶつかってくる。諦聴草はあの手この手で重奈雄を誘惑したり、脅したりしたが、一切耳をかたむけていない。

阿漕浦につき、白く砕ける潮騒《しおさい》が脛《すね》にぶつかってきた時、ようやく足が止った。

「天眼通の得方を妾は知っておる」

無視した重奈雄は伊吹樫の耳栓をはめる。

「……やめよ」

諦聴草が、力なく言う。重奈雄はしゃべるそれを——夜の海水にひたした。諦聴草がゴボゴボと波を呑む音がした。

「これで叫べまい。うわぁぁぁ！」

物凄い咆哮を上げながら——重奈雄は、人の姿をした妖草を真っ二つに裂いた。裂かれた瞬間、諦聴草は全力で叫んでいる。が、その叫びは口に入ってくる潮水に押されて小声になり、その細い声すら、重奈雄の叫びと耳栓が打ち消した。

諦聴草は滅んだ。だが重奈雄の命に別状はない。

重奈雄は、がっくりと両膝《りょうひざ》を海につく。

「御用！」「御用！」「御用！」

無数の提灯《ちょうちん》が波打ち際に殺到した。

数日後、東海道に面する茶店にゆったりと陣取り筆捨山を絵にする三人の男があった。重奈雄、蕭白、大雅。

あの後、重奈雄と蕭白は侍たちにとらわれ、大雅と同じ牢に入れられた。だが紀州藩から早馬が着到するや——すぐに解放された。

徳川宗将の文には、重奈雄は妖草師で命の恩人であり、突拍子もないことを言うが信頼できる人物であること、どうか重奈雄たちを助けてほしいこと、妙炫は妖草をつかって特異な力を手にし、二人の人の命を奪った疑いがあることが、書かれていた。大雅がもってきた文では半信半疑だった高朗も早馬が携行してきた同内容の文を見るや、岩のように動かぬ真実だと悟った。

無間院で気絶し重傷を負っていた妙炫を——高朗は斬ろうとした。が、おうのの助命嘆願、物的な証拠がないという家老たちの意見もあり、追放刑に処した。

全てを落着させた三人は今、絵筆をもって筆捨山にむき合っている。

屹立する岩々や木立が、山が発する息吹に撫でられて白く霞んでいた。

蕭白が、

「海女のおようが心配だ。……しばらく立ち直れまい」

大雅は足をさすりながら、答える。

「時が解決してくれるのをまつのや」

小さくうなずいた蕭白は髪を荒々しく掻いて、絵にむかう。

「元信に筆をすてさせた雲は、もっと凄かったのであろうな」

「ほんま、ええ具合の雲やなあ。我らを祝福しとるようや」

曾我蕭白がこの翌年、描く寒山拾得図屛風《かんざんじっとくずびょうぶ》には、シュルレアリスムを思わせる岩から噴き出た雲が描かれており、大雅が後年描く大作、洞庭赤壁図巻《どうていせきへきずかん》にも筆捨山によく似た山が描き込まれているが、この時の記憶が作用しているのかもしれない。

「二人の絵師が逆のことを言うゆえ、どうも上手く描けんな」

重奈雄が首をかしげると蕭白が一笑する。

「全く下手糞な絵よ！」

絵を描き、茶を吞み、存分に歓談した三人は、そこでわかれることにした。蕭白は伊勢へ、重奈雄、大雅は都へ。

「じゃあな、椿殿、町殿によろしくな」

「お前も元気で。妖草が出たら、呼べよ」

重奈雄が言うと蕭白はにかりと笑った。

「あまり、出くわしたくないがな」

引用文献とおもな参考文献

『京都洛北物語』　坪井正直著　雄山閣
『京都花散歩』　水野克比古著　光村推古書院
『京都時代ＭＡＰ　幕末・維新編』　新創社編　光村推古書院
『京都深泥池　氷期からの自然』　藤田昇　遠藤彰編　京都新聞社
『深泥池の自然と暮らし　―生態系管理をめざして―』　深泥池七人委員会編集部会編
サンライズ出版
『国の天然記念物　深泥池　―大都市の中に―』　近藤博保著　京都新聞出版センター
『新潮日本美術文庫11　池大雅』　武田光一著　新潮社
『池大雅　［人と芸術］』　菅沼貞三著　二玄社
『日本の庭園美1　西芳寺　苔と石と夢窓疎石』　井上靖　千宗室監修　西川孟撮影
集英社
『古寺巡礼　京都36　西芳寺』　藤田秀岳　下重暁子著　淡交社
『もっと知りたい曾我蕭白　生涯と作品』　狩野博幸著　東京美術
『グリム　ドイツ伝説集（上）』　桜沢正勝　鍛治哲郎訳　人文書院

ほかにも沢山の文献を参考にさせていただきました。本当にありがとうございました。

解　説

内田　剛
（三省堂書店）

妖　草＝常世《とこよ》と呼ばれる異世界から、種子《しゅうじ》を飛ばして人の心を苗床にし、この世に
　　　　様々な怪異をなす妖しの草
妖草師＝全十一巻からなる妖草経を読み、妖草と対峙《たいじ》する術《すべ》を知る者

まさに今が旬《しゅん》。最も筆に力が漲《みなぎ》っている作家は武内涼である。しかし、もしかしたら武内涼その人がこの世の者ならぬ妖草の化身なのかもしれない。一度取り憑《つ》かれたら最後、喰らいついて離れず、生涯の読書の友となるはずだ。それほど筆力は確かにして激しく強い。日常の僅《わず》かな時間を差し出せば人生の豊かな時間を約束してくれる。そんな素晴らしき妖草ならば退治は無用。誰もが大歓迎であろう。
〝歴史好きが昂《こう》じて〟時代小説を書くようになった武内涼と、〝学生時代に歴史を齧《かじ》って〟書店員になった僕が初めて出会ったのは二〇一五年四月、徳間文庫大賞贈賞式

の会場である。
その年に創設された徳間文庫大賞の栄えある第一回は「書下し部門」と「定番部門」の二部門があり前者がこの『妖草師』、後者が朝井まかて『先生のお庭番』である。（次年度以降、大賞は一作品となり、原田マハ『生きるぼくら』、鈴峯紅也《こうや》『警視庁公安J』が受賞し、それぞれ大きく売上げを伸ばしている）
たまたまご縁があってこの賞の実行委員長であった僕としては〝読者のあなたと全国の書店員さんとで選ぶ〟という規定を十分に満たし、内外ともに納得できる作品を第一回の大賞作品に推したかった。全国の徳間書店オーナー会に属する書店員たちの強い推薦と読者の支持の証《あかし》である売上げデータだけでなく内容の良さも考慮に入れて、『妖草師』は他の候補作を圧倒的に凌駕《りょうが》しており自信をもって選出することができた。会心の大賞作といっていいだろう。
後に「この時代小説がすごい！　二〇一六年版文庫書き下ろしランキング第一位」の評価まで加わるのだが、こんな素晴らしい作品を生み出す作家とは一体どんな方なのだろう、著作群の参考文献の多さから真面目で誠実な性格は読みとれたが、それ以上の情報はなし。気難しい学者肌の作家かと思いきや、パーティー会場の同じテーブルの席に着いた武内涼氏は想像以上に穏やかで優しく、売れるためなら何でもお手伝いさせていただきます、と言い切る非常に謙虚な人物であった。物静かな中にも内に秘めた強さ、作品に対する真摯《しんし》な思いも伝わってきて、これは本気で応援しないわけにはいかない、と心の底から感じた。

二度目にお会いしたのは今年（二〇一七年六月）のことである。KADOKAWAの単行本新刊『暗殺者、野風《のかぜ》』の著者訪問で神保町《じんぼうちょう》本店にお出《い》でいただいた時である。二年振りの再会ということもあり前作単行本『駒姫　三条河原異聞』（新潮社）も併せて読んだところ、〝衝撃〟という言葉では軽すぎる言葉を失うほどの印象を受けた。想像力も逞《たくま》しいまさに伝奇の妙。戦国の世を縦横無尽に駆け巡る〝史上最強の女刺客〟を主人公にした弾《はじ》けるような魅力あふれる『暗殺者、野風』と、史実を丹念に掘り起こし、戦乱の世に散った無常なる運命をしっとりと描き切り、泣きどころに溢《あふ》れた『駒姫』。戦国時代の光と影、明と暗、両極端とも思えるこの二作品をほぼ同時に世に送り出すこの作家の凄《すご》みに完膚なきまでに打ちのめされた。短い時間の訪問中も興奮状態で我を忘れ、一方的に話してしまい、いまだ反省しきりである。三度目があるならば落ち着いて作品、歴史の話をしたい……。

さて本作『妖草師　無間如来《むげんにょらい》』は五編からなる待望のシリーズ第四弾。〝無間如来〟は第五話のタイトルだ。ますます深まる妖草とのバトル。土地に根ざした伝説あれば、血しぶき舞う命を懸けた対決もある。曾我蕭白《そがしょうはく》に池大雅《いけのたいが》の登場で芸術に纏《まつ》わるシーンもある。まさに全編すべてが読みどころだ。あえてストーリーには深く触れないが、ポイントを二点挙げたい。まずは主人公・庭田重奈雄《にわたしげなお》の恋の行方。そして五感に訴える研ぎ澄まされた情景描写の中でも特に視覚表現、〝色〟の使い方に注目したい。

物語は妖草師・庭田重奈雄とその許嫁《いいなずけ》、滝坊椿《たきのぼうつばき》の二人を軸に始まるがそこに思いもよらない恋敵・阿部《あべ》かつらが絡んでいく。人間の秘めたる心の闇を色濃く映し出す妖草もあるが、恋心は最も人を惑わす存在である。重奈雄の幼馴染《おさななじみ》で素顔すべてを知った椿が〝ケ〟であれば、江戸幕府採薬使《さいやくし》の娘で、いわば公儀を背負ったかつらが〝ハレ〟である。京の女と江戸の女。タイプも違う二人が繰り広げる激しくも繊細な感情の機微、その掛け合いと移ろいが極めて面白い。

続いて〝色〟を追いかけてみる。「赤く爆《は》ぜる火鉢の火《ひ》」、「紅蓮《ぐれん》に咲いた数株の彼岸花《がんばな》」、「狂い咲きした藪《やぶ》ツバキの樹下には真っ赤な落花」、「色は黒で鋼《はがね》よりも硬い妖草《くさ》」、「朧《おぼろ》な銀色の燦光《りんこう》を発した精霊花《しょうりょうか》」、「熱い血で茜色《あかねいろ》になる椿の白桃に似た頬」、「桜桃《ゆすらうめ》が如《ごと》き唇をほころばせる重奈雄」、「一つの枝に青葉、黄葉は勿論《もちろん》、夕焼けの色に染まりはじめた葉」……こうした効果的な色の登場と変化によって場面も鮮やかに展開する。その仕掛けが絶妙。これは見事という他ない。

先日、司馬遼太郎原作の映画『関ヶ原』を観た。石田三成、島左近、大谷刑部《ぎょうぶ》などの義を貫きながら敗れた武将たちの美学、闇に生きる女忍者「初芽」の風を切るような躍動感をスクリーン一杯に感じながら、ふと「これは武内涼の世界とも通ずる。『駒姫』に描かれた文学だ」と思った。文芸評論家の末國善己《すえくによしみ》氏は武内涼の代表作『秀吉を討て』を〝名作『梟《ふくろう》の城』の興奮と感動を継承し、発展させた傑作〟と評している。独特の歴史観で史実を軸に歴史・時代小説を極めた司馬遼太郎の空気を漂わせながら、自他ともに認める〝山田風太郎の遺伝子を受け継ぐ〟武内涼が今後どのように進化を遂げるか、楽しみだ。

この『妖草師』シリーズも夢枕獏《ばく》『陰陽師《おんみょうじ》』シリーズのような大きなブームを巻き起こす力がある。長きにわたるシリーズ展開と強烈にインパクトのある映像化を書店員として、また一人のファンとしても切望する。

司馬遼太郎、山田風太郎……様々な巨人の魂を継承しながらも武内涼はその誰でもない小説世界を切り開き続けるはずだ。

これからのこと、武内涼氏ご本人に聞いてみた。

『妖草師』シリーズももちろん展開構想もある。四巻から登場した新キャラクター・かつら、本草《ほんぞう》学者・小野蘭山《おのらんざん》がさらに絡み合い、重奈雄と椿が一層成長を遂げていく。

これは絶対に読んでみたい。ただし五巻目以降の刊行の規模や日程はすべて売れ行きにかかっている。この解説を読まれている方はぜひとも周囲の未読の方々へ口コミで広めてもらいたい。このシリーズはまだ、十分にコンプリートできる分量だ。大いに盛り上げていこう。

直近の予定としては今冬に集英社文庫の書下ろしが待ち構えている。室町時代の庶民を描いた作品で武士や農民だけでなく様々な生業《なりわい》の人々について描きたいという想いからはじまった企画。新境地的作品ともいえるだろう。歴史学のみならず、網野善彦や宮本常一《つねいち》といった民俗学的視野も採り入れられそうで興味が尽きない。新潮社からは「小説新潮」で掲載されている「敗北者たち」のシリーズが単行本になる予定も。これは日本史の敗者に焦点をあてた作品で妖怪や忍者の要素はなし。悲しくも清々《すがすが》しさが残るストーリーのようだ。

KADOKAWAからは刊行形態、日程などまったく未定ながら中国が舞台の壮大な活劇を準備中。著者のルーツ、小学校時代に出会った最も面白い物語のひとつ『三国志』に導かれた中国物だ。どんなスケール、ストーリーになるのか想像するだけで胸が高鳴る。

まさに八面六臂《はちめんろっぴ》の活躍ぶり。武内涼はすでに目指すべき先達たちの域にいる。天下を獲る日もそう遠くはないはずだ。これからの作品にも大いに期待したい。

二〇一七年八月

この作品は徳間文庫のために書下されました。

徳間文庫

妖草師

無《む》間《げん》如《にょ》来《らい》

2017年9月15日 初刷

著者 武《たけ》内《うち》涼《りょう》
発行者 平野健一
発行所 株式会社徳間書店
東京都港区芝大門二—二—二〒105—8055
電話 編集〇三(五四〇三)四三四九
販売〇四八(四五一)五九六〇
振替 〇〇一四〇—〇—四四三九二
印刷 凸版印刷株式会社
製本 株式会社宮本製本所

ISBN978-4-19-894260-1 (乱丁、落丁本はお取りかえいたします)